© *Copyright*, 2024
Editora Nova Alexandria

Todos os direitos reservados.
Editora Nova Alexandria Ltda.
Rua Engenheiro Sampaio Coelho, 111
04261-080 São Paulo, SP
Fone: (11) 2215-6252
Site: www.editoranovaalexandria.com.br

Coordenação: *Marco Haurélio*
Xilogravuras: *Lucélia Borges*
Revisão: *Editora Nova Alexandria*
Foto de Bule-Bule: *Thiago Lima*
Projeto gráfico, editoração eletrônica e capa:
Mauricio Mallet Art & Design

Dados Internacionais de Catalogação na Publicação (CIP)
Tuxped Serviços Editoriais (São Paulo, SP)
Ficha catalográfica elaborada pelo bibliotecário
Pedro Anizio Gomes - CRB-8 8846

H375c
Haurélio, Marco (org.).

Cordéis Antológicos de Bule-Bule / Organizador: Marco Haurélio; Mestre Bule-Bule (Antônio Ribeiro da Conceição); Xilogravuras de Lucélia Borges. – 1. ed. – São Paulo, SP : Editora Nova Alexandria, 2024. 160 p.; il.; 16 x 23 cm.

ISBN 978-85-7492-502-8.

1. Cordel. 2. Mestre Bule-Bule. 3. Poesia de Cordel. 4. Xilogravura.
I. Título. II. Assunto. III. Organizador. IV. Autor.

CDD 398.5
CDU 398.51

Em conformidade com o Acordo Ortográfico
da Língua Portuguesa.
Nenhuma parte deste livro pode ser reproduzida
sem a autorização expressa da Editora.

ÍNDICE PARA CATÁLOGO SISTEMÁTICO
1. Literatura de cordel.
2. Livros de cordel.

CORDÉIS ANTOLÓGICOS de BULE-BULE

Xilogravuras
LUCÉLIA BORGES

Coordenação de Marco Haurélio

NOVALEXANDRIA

1ª Edição - 2024

SUMÁRIO

Prefácio	05
Judite, a mulher divina que salvou o marginal	09
O Coelho que arrebatou a coroa do Leão	23
Duelo de Bruxos ou a Pomba e o Gavião	41
A bem-aventura Dulce dos Pobres, Irmã Dulce da Bahia	69
O encontro sangrento de José Caso Sério com Manoel Qualquer Hora	91
Quatros Touros endiabrados e um Vaqueiro Corajoso	119
O encontro da Aranha com o Reumatismo	143
Biografias	159

PREFÁCIO

Carreiro sonha que ouve
Um carro de boi cantando,
Vaqueiro sonha com gado,
Pescador sonha pescando,
Coveiro sonha em velório,
Poeta sonha versando.

Com sua já (re)conhecida verve poética que não pode ser enquadrada em apenas uma das tão apontadas caixinhas que tendem a aprisionar os artistas de alma livre, os cordéis aqui selecionados desvelam um Bule-Bule que não se prende a temáticas ou versos previsíveis. Dos nomes das personagens às tramas narrativas, o que se vê em cena é a pena de alguém que escreve como quem borda. Ornando cada ponto, puxando e unindo os fios da trama, alinhavando com cuidado cada detalhe, arrematando cada história como só é capaz aquele que sabe que escrever é como o traçado da vida: não é possível esticar além do seu limite sob o risco de esgarçar o tecido dos corpos e dos enredos.

Na obra do poeta, o local e o global, o perto e o longe, o conhecido e o inusitado, o sertão e o recôncavo se unem a fim de nos brindar com uma diversidade temática capaz de alargar os olhos e aquecer os corações, criando imaginários e possibilitando o desbravar de horizontes prenhes de prazer, já que não finda por confessar:

Só escrevo quando noto
Que vou agradar ao povo,
Em cada cordel que lanço
Coloco um assunto novo.
Vivo cheio de prazer
Com o prazer que promovo.

O prazer de partilhar suas memórias, sejam aquelas vividas com o corpo ou as que surgem, mas não findam na cachola de um homem do sertão que enxerga e se impõe além das fronteiras de toda ordem que insistiram em lhe impor limites, descortina seu lugar de origem, mas o apresenta minuciosamente, propondo cenários, investindo nas frestas, deixando escorrer por entre os versos o líquido que nutre os grandes mestres, que mantém a engrenagem funcionando, que seduz e encanta tanto olhos quanto ouvidos, revelando que o que aqui vemos no papel não nasce e não termina nele porque é na voz que vai encontrar acolhida quando o brado ecoar preenchendo o espaço. Ao ler, é possível ouvir a voz do poeta, ver o bailado das notas dançando de mãos dadas com a retidão dos versos cunhados por quem está acostumado a lapidar diamantes, com afinco, paciência e destreza.

Penso que são os fios de sua barba, fortes e delicados, unidos à resistência do seu gibão, que vão delineando os caminhos que estão por vir. Curvilíneo por natureza, como água de cachoeira que não se deixa estancar pelos galhos que encontra no caminho, o poeta está sempre à espreita, disposto a criar mundos como quem tece um tapete alado e nos pega de supetão para apresentar um mundo outro, visto de cima, de lado, de ponta-cabeça, incapaz de render-se a qualquer enquadramento que se queira fixo e definitivo, o que não orna com quem se bole como Bule.

Como ele mesmo diz, "Deus é bom e gosta da gente"! Mas tenho cá minhas desconfianças de que gosta mais dessa gente que vê estrelas e acompanha os encantados porque são feitos da mesma matéria: o indizível.

Andrea Betânia da Silva, é doutora em Cultura e Sociedade pela Universidade Federal da Bahia em co-tutela com a Université Paris Ouest Nanterre La Défense.

CORDÉIS ANTOLÓGICOS de BULE-BULE

Judite, A mulher divina que salvou o marginal

Depois de ler sem parar
Muitas notas de jornais
E também ter entrevistas
Com muitos policiais,
Ouvi um caso de exemplo
Pra todos os marginais.

Eu, passando em Curitiba,
Resolvi fazer demora
Pra conhecer a cidade,
Jogar a tristeza fora,
Mesmo quando deu-se o caso
Que eu passo a contar agora

Um médico recém-casado
Saiu para dar plantão,
Deixou a esposa só
Em fase de gestação;
Quando foi de madrugada
Em casa entrou um ladrão.

Já vinha de outras casas
Com artigos de valor.
Era alta madrugada
Quando a casa do doutor
Virou palco de três coisas:
Medo, desespero e dor.

Dona Judite se achava
Descansando no colchão,
Dormindo despreocupada
Com Deus no seu coração,
Contando o oitavo mês
Da primeira gestação.

Ela, bem despreocupada,
Notou que entrou alguém,
Mas como não tinha jeito
Chamou por Deus de Belém,
Dizendo: — Pai, dai-me forças
Para enfrentar o que vem!

Foi quando o ladrão entrou
No seu quarto de dormida
Com um revólver na mão
Dizendo: — Minha querida,
Ou joia, dinheiro ou cheque
Ou, por outra, a sua vida.

Ela se virou sorrindo
E lhe disse: — Pode entrar,
Se sente aqui ao meu lado,
Tenho algo a lhe falar:
As joias *tão* nesta peça,
Pode pegar e levar

Na gaveta mais embaixo
Tem uma pastinha preta,
Dentro tem 100 mil reais
Que tirei da caderneta,
E se precisar mais arma,
Ali tem uma Beretta.

Ele foi muito sisudo
Para o lugar indicado
E disse assim: — Dona Moça,
Se algo sair errado,
Dou-lhe seis tiros na testa
Deixo o seu cérebro espalhado.

Já estou feito no crime,
Em matar me sinto bem
Não tenho medo de nada,
Não tenho pena também,
Sou a pior das piores
Pessoas que a Terra tem.

— Vá buscar o seu dinheiro,
Pegue as joias, vá vender
E, se estiver com fome,
Pegue bolo para comer,
Parta fruta, faça suco
E se sente pra beber.

Ele foi pegar as joias,
A arma, o cheque e o dinheiro
E depois, vendo Judite,
Sem nada de desespero,
Perguntou preocupado:
— Onde está seu companheiro?

Ela disse: — De plantão
Só sete e trinta ele vem.
— Então seu marido é tira?
Por isso medo não tem!
Vou matá-la e aguardá-lo
Para matá-lo também.

Judite sorriu e disse:
— É engano do senhor...
Meu marido não é tira,
É um médico operador,
O seu nome é Juarez,
Homem bom e servidor.

Se pretende conhecê-lo,
Sente aí para esperar.
Já disse que, tendo fome,
Qualquer coisa vá buscar
Que seu rosto não parece
Com quem vive de roubar.

— Não queira me tapear,
Estou querendo ir embora,
Pois a grana eu já peguei,
Só me resta cair fora,
Que seu marido chegando
Mato ele e a senhora!

— Não fale em matar ninguém,
Vou lhe pedir por favor.
Me responda se tem fé
Em Jesus Nosso Senhor,
Se tem mulher e tem filhos
E sabe o que é amor?

— Não, senhora! Não, senhora!
Nunca pergunte isso a mim...
Eu tenho ódio do mundo,
Sabe quem me fez assim?
Foi a tal sociedade,
Precisão e gente ruim.

Eu já tive fé em Deus,
Vivi na religião,
Fui fichado, tive emprego,
Fui operário-padrão,
Fui preso injusto e agora
Só sirvo pra ser ladrão.

O meu Deus é um revólver,
O meu santo é uma bala,
O diabo é a polícia
Que para a cela me escala,
Em Deus, justiça e polícia
Lá em casa ninguém fala.

A podre sociedade
Hoje é quem mais me oprime,
Porém eu tenho dez filhos,
Pretendo fazer um time
Que tome a punho de bala
E coma o fruto do crime.

— Este Deus que o senhor fala
Não é um Deus positivo,
Porém eu vou lhe mostrar
O retrato de um Deus vivo
Que conhece as nossas vidas
E põe tudo em seu arquivo.

— Então pode me mostrar
Este Deus que eu quero ver
E depois faça o favor
De procurar me dizer:
Se eu deixar de roubar
Que diabo eu vou fazer?

— Venha aqui perto da cama,
Não vá mais pensar em briga.
Você disse que tem filhos,
Então, por favor, me diga:
Como trata a sua esposa
Quando ela está de barriga?

—Eu a trato normalmente,
Como em época passada,
Porém se lhe peço algo
E se demonstra cansada,
Vai na porrada e no grito
Faz à vontade ou forçada.

Não é assim que se trata,
Venha, que vou lhe mostrar
O que é uma gestante
Para você aplicar
Este mesmo tratamento
Quando em casa chegar.

Ele aí guardou a arma
Como quem muda o destino,
Apalpou toda a barriga,
Sentiu direito o menino...
Chorando disse: — Senhora,
Eu sou um monstro assassino.

— Me diga como é seu nome?
Ele lhe disse: — Justino.
Fui operário-padrão
E fui bom desde menino,
Católico, honesto e casado
E hoje um monstro ferino.

Dona, agora eu já estou
Me achando numa grade
Em chegar com tanta ira
E achar tanta bondade
Numa pessoa tão pura
Desta sua qualidade.

Roubei da sua vizinha
Dois relógios, trancelim,
Trezentos mil em dinheiro...
Entregue para ter fim
E esta mancha de ladrão
Sair de cima de mim.

O seu dinheiro e as joias
Vou lhe devolver também.
Eu hoje saí pensando
Em assassinar alguém,
Mas já estou resolvido
A não matar mais ninguém.

Será que o seu marido,
Ao chegar do hospital,
Permitirá que eu faça
A limpeza do quintal
Pra meus filhos não comerem
O pão com o suor do mal?

Diga, senhora, me diga
Se a vizinha me perdoa,
Se ela é igual a senhora,
Assim pessoa tão boa,
Que mostra o caminho bom
A quem está vivendo à toa?

Será que o seu marido
Conseguirá junto à lei
Um documento provando
Que eu já me regenerei
Pra ganhar meu pão suado
Do jeito que já ganhei?

Disse Judite: — O senhor,
Querendo, pode ficar
Aguardando Juarez
E quando ele aqui chegar,
Eu peço que lhe arranje
Meios de lhe empregar.

Justino pegou as joias
Dizendo: — Eu vou jogar fora
Em meus olhos hoje noto
Brilhar uma nova aurora
E estas coisas roubadas
Estão me queimando agora.

Aí abraçou Judite,
Se acabando de chorar,
Depois pegou sua arma
Ameaçou se matar,
Porém Judite a tomou
Para uma vida salvar.

Sete e trinta Juarez
Chegou em casa contente,
Abriu a porta e entrou,
Mas Judite, experiente,
Disse: — Meu bem, tem visita
Venha pra o quarto da gente.

Juarez, ao ver Justino,
Ficou um pouco assustado,
Porém Judite lhe disse:
— Meu bem, não tenha cuidado.
Este homem está aqui,
Precisa ser ajudado.

Este homem é uma vítima
Que a sociedade fez,
Sofreu um xadrez injusto,
Sua moral se desfez,
Mas vamos recuperar
Sua conduta outra vez

Juarez disse: — Meu bem,
Meu cunhado é secretário.
De tarde eu ligo pra ele
E consigo o necessário,
Limpo a ficha de Justino
E emprego pra ter salário.

Depois ligou pra o cunhado,
Explicou tudo afinal,
Pediu que limpasse a ficha
Do tremendo marginal
E conseguiu um emprego
Junto a si no hospital.

Enquanto se preparava
Toda a documentação,
Dona Judite mandava
Sempre a manutenção,
Desde a bucha do bombril
Até o gás de bujão.

Dona Judite tomou
Um dos filhos pra criar.
Fui agora em Curitiba,
Estava pra se formar
E Justino no emprego
Já ia se aposentar.

Visitei dona Judite
Também doutor Juarez
E disse: — Quero mostrar
Um cordel para vocês
Sobre um grande benefício
Que a mão humana fez.

Os dois leram meu trabalho,
Cada um ficou contente.
Depois disse Juarez:
— O poeta é inteligente,
Fez uma obra de arte
Do que se deu com a gente.

Eu disse: — Fiquei sabendo
Quando tudo aconteceu;
Só agora resolvi
Narrar o que sucedeu
Para mostrar os dois lados:
O de Justino e o seu.

Justino, depois de velho,
Contava pra vizinhança
Como foi injustiçado,
Chorava como criança.
Dizia: — Dona Judite
Deu-me a nova aliança.

Portanto, fica um aviso:
Fazer o mal não convém,
Não tome a vez do seu próximo,
Não dê revolta a ninguém.
Jesus deixou o exemplo
Pra todos fazerem o bem.

Esta lição de amor
Peço pra o povo tomar:
Quem está no crime, sair,
Quem está fora, não entrar
Que os olhos do criminoso
A Deus não pode avistar

Dimas foi aproveitado
Depois do arrependimento,
Isso já está provado
Lá no Novo Testamento,
Mostrando que até ladrão
Precisa ter sentimento.

O Coelho que arrebatou a coroa do leão

O jeito combate a força,
Faz triunfar na contenda.
Sempre o mais inteligente
Consegue elevar a prenda,
Defesa supera ataque
E economia traz renda.

Jiboia não corre muito,
Mas sabe pegar veado,
Os dedos não são iguais,
Conselho é para ser dado
Porque se fosse vendido
Nenhum seria comprado.

Neste episódio se vê
A força da inteligência,
Que está sempre na frente
Quem nasce com competência
E o futuro é garantido
Pra quem age com prudência.

O mundo foi diferente
Quando estava começando:
Havia paz entre os bichos,
Andavam se agrupando,
Todos animais falavam
Como vivemos falando.

O leão tinha a coroa
De todo o reino animal,
Queria a paz entre todos
E convivência normal.
Viver em comunidade
Era seu grande ideal.

Cada um tinha o seu posto
Conforme a sua bravura:
O tigre era vice-rei
Por garra e musculatura,
Coragem e velocidade,
Alto conceito e postura.

Tigre, o padrinho do coelho,
Era compadre do cão;
Vivia fazendo tudo
Para agradar o leão
Tanto que o título de vice
Veio para a sua mão.

Quando morre um poderoso,
Pode olhar que ali pertinho
Está o seu traidor
No convívio bem juntinho,
O mordomo, o mensageiro
Ou quem serve o cafezinho.

Cachorro era militar
Bastante conceituado,
Estudioso das leis,
Benquisto e considerado
E segurança do rei
Pra não ser incomodado.

Cascavel vivia calma,
Sem incomodar ninguém,
Mas se o rei precisasse
Dar punição em alguém,
Sua calma e seu veneno
Serviriam muito bem.

O coelho era mensageiro,
Vivia de dar recado;
O leão tinha uma gruta
Que era como o reinado,
Sede do executivo
Com seu secretariado.

Pensando no bem comum
Sem valorizar disputa,
O rei convidou seu grupo
Pra viver na mesma gruta
E seguir a caminhada
Em prol da mesma labuta.

Quando o leão convidou
O grupo pra viver perto,
O coelho, como o mais fraco,
Disse: —Isso não dá certo
Rei leão, tome cuidado,
Chefe tem que ser esperto!

Fraco se junta com fraco
Pra sua força aumentar,
Mas dois fortes não dão certo
Vivendo num só lugar.
Leão e tigre juntinho
Não demora, vão brigar.

Rei leão chamou o tigre,
O cachorro, a cascavel,
Chamou o coelho, por ser
Seu escudeiro fiel,
Pequenino, inteligente,
Pronto pra todo papel.

— Eu não sou seu conselheiro,
Mas permita que lhe diga:
Sei que o poder envaidece
E na hora que a barriga
Roncar pedindo comida,
Não há quem evite a briga!

—Coelho, eu dou ordem e pronto,
Não vou brigar com ninguém.
— Meu rei, a oposição
Bom pensamento não tem,
Bota veneno na água
E finge beber também.

Não seja tão pessimista,
Controlo o reino animal.
Rei leão, eu lhe alerto:
Índole é individual;
Quem pensa o bem faz o bem,
Quem pensa o mal faz o mal.

Não tenho força nem quero
Divergência com o senhor,
Mas o tigre, meu padrinho,
Se tornando opositor,
Causa um estrago danado
Neste ou em qualquer setor.

Esse grupo morar junto
Eu acho que não dá certo:
Se um desses aliados
Forjar um golpe de esperto,
Este espaço vira coisa
Que ninguém quer passar perto.

No reino do rei leão
Não existia xadrez;
Apenas era advertido
Quando se errava uma vez.
Punição só quando os erros
Somavam um total de três.

Chegando ao terceiro erro,
Rei leão perdia a fé,
Convocava a cascavel
Para morder em um pé.
Tinha a viagem sem volta —
Vocês sabem como é!

Mas, com tudo isso, o coelho
Vivia preocupado:
Todos se dão bem comigo
Porque dou sempre recado,
Mas, por eu ser o mais fraco,
Sou sempre subjugado.

Antes que alguém procure
Me usar como alimento,
Vou dar minha providência,
Apresentar meu talento,
Pedra só olha pra ovo
Dizendo: "Eu te arrebento!"

O coelho arquitetou tudo,
Depois tentou aplicar,
Pediu logo uma audiência,
Pois precisava externar
A sua desconfiança
A respeito do lugar.

O rei leão convocou
Aquela reunião:
Chegou cedo a cascavel,
Em seguida, veio o cão,
O coelho e depois o tigre,
Por último veio o leão.

O leão agradeceu
Por atenderem o chamado
E disse: — Meu mensageiro
Por aí tem escutado
O que dizem do governo
Que deve ser reparado.

A mim ninguém desafia
E ao tigre também não,
A cascavel todos temem
Por causa da execução,
Mas não estão respeitando
Nem o coelho nem o cão.

É justo que o coelho diga
O que ele tem ouvido;
Vamos tomar providência,
Pois precisa ser punido...
Não quero nenhum de nós
Ultrajado ou ofendido.

O tigre rompeu dizendo:
— Rei leão, perdeu o relho.
Pensei que hoje tivesse
Reunião do conselho.
Você me faz perder tempo
Para vir ouvir o coelho?

O leão disse: — Ele tem
Algo a nos comunicar.
Só sabemos o escutando;
Ele pediu pra falar.
Ninguém sai perdendo nada
Parando pra lhe escutar.

O coelho viu que o tigre
Perdia fácil a razão,
Ficou em pé ao seu lado
Olhando pra o rei leão
E começou seu discurso
Na seguinte narração:

— Rei leão, o nosso grupo
Vai terminar em sujeira,
Pois o senhor é um rei
De expressão altaneira.
Cascavel é valiosa,
Alma nobre, arrastadeira.

Cachorro não é gigante,
Mas sabe se comportar,
Corre bem, fareja muito,
Tem honra de militar,
O tigre diz que é valente,
Porém não pode provar.

Disse assim e deu um pulo
Para perto do leão,
Continuou o discurso,
Gesticulando com a mão,
Medindo a raiva do tigre
E calculando a ação.

— Rei leão, meu padrinho disse
Que o senhor não é de nada,
Que esta sua coroa
Está na cabeça errada.
Pode aguardar na sombra
Que em breve vai ser tomada!

O Coelho que arrebatou a coroa do leão

O leão disse: — Estou vendo
O meu circo pegar fogo.
Agora vejo que o tigre
É falso e é demagogo,
Joga com carta marcada,
Mas vou virar este jogo.

O tigre disse: — Esse coelho
Criou discórdia entre nós.
O leão disse: — Se cale!
Não quero ouvir sua voz!
Ouça o coelho e me ouça,
Você fala logo após.

Narrou o mesmo discurso
Enfatizando o final:
— O cachorro é muito bom,
A cascavel é legal,
Rei leão não deixa dúvida,
O tigre não é normal.

Diz que sangra toda presa,
Se correr leva castigo,
Não prova nada que diz
É frouxo, teme perigo,
Não sei como o rei leão
Tem o tigre como amigo.

Disse essa frase e pulou
Para mais perto do cão,
O tigre avançou no coelho,
Mas se bateu com o leão,
Pisaram na cascavel,
Foi terrível a confusão.

A cascavel aplicou
Seu veneno no leão,
Que tombou virando os olhos
Caiu por cima do cão,
Morreram os dois sem ter tempo
Ao menos pra discussão.

Um outro bote certeiro
A cascavel deu na goela
Do tigre que desmaiou
E caiu por cima dela,
Esmagando-a com seu peso,
Findou-se assim a novela.

O cachorro se acabou
Pelo leão esmagado,
A cascavel pelo tigre
Teve seu corpo achatado,
O coelho gritou bem alto:
— Bem que eu tinha avisado.

Quando os corpos esfriaram,
O coelho pensou assim:
"O tigre quis a coroa,
Mas nele ficou ruim;
É bom ser inteligente,
Coroa dá certo em mim".

O coelho pôs a coroa
Na cabeça e viajou
Pela floresta à procura,
Até quando encontrou
Outro leão pra ser rei
E desse jeito falou:

— Bom dia, futuro rei!
Sua sorte está na mão,
Melhor: tenho na cabeça,
Veja e me preste atenção:
Só depende do senhor
Pra se tornar rei leão.

O antigo rei morreu
Com seu secretariado,
Tigre, cão e cascavel,
Por sorte eu fui poupado,
Mas eu não quero ser rei,
Não me vejo preparado.

Fui mensageiro do reino
Mas eu quero lhe propor
Pra ser seu conselheiro,
Passo a coroa ao senhor.
O senhor tem porte e força,
Eu serei seu pensador.

Vou andar pela floresta
Convidando os animais
Do mesmo jeito de antes,
Dando a mensagem de paz,
Mas sou eu quem determina
Como é que o senhor faz.

Analise esta coroa,
Lembre quem lhe ofereceu,
Grite, estremeça a serra,
Mostre todo o poder seu,
Mas fale baixo comigo
Porque quem manda sou eu.

Disse o leão: — Pense bem
O que vão dizer de mim.
Falou o coelho: — Ora bolas!
Nem pense em achar ruim,
Tudo na vida tem preço,
Na política é sempre assim.

O poder é dividido,
Vi isso a vida todinha;
Só que agora é diferente,
A maior parte é a minha.
Você tem meia coroa,
Antes nada você tinha.

Se não aceitar meu jogo
Achando que é sujeira,
Vou bater em outra porta,
Não vai me faltar quem queira.
Pense bem, é mais futuro
Ser um rei de brincadeira.

Rei leão falou: — Quem foi
Que disse que não aceito?
Já vi coronel que manda
Em juiz e em prefeito.
Portanto não é desonra
Eu ser um rei desse jeito.

O coelho fez o convite
Pra todos os animais,
Passaram a coroa ao rei
E foram viver em paz.
Este episódio nos mostra
O que a inteligência faz.

Disse o coelho ao novo rei:
— Se case e tenha cuidado
Para um descendente seu
Continuar com o reinado.
Deu trabalho lhe fazer
E eu já estou cansado.

Não se planta pé de rei
No roçado ou no pomar,
Se faz a ferro e a fogo
Com um forte garimpar,
A jazida do juízo
Forja o rei pra governar.

Seus filhos serão os próximos
Que reinarão bravamente,
Os meus serão conselheiros
Do reino futuramente.
Basta que não se esqueça
Deste acordo entre a gente.

Se você, por qualquer coisa,
Quebrar o nosso contrato
Como eu fiz com o rei antigo
Entro no trono e lhe bato,
Enveneno os seguranças
Tomo a coroa e o mato!

O tigre pensou que tinha
Poder sobre o afilhado,
O rei ficou vaidoso,
Não entendeu o recado.
O coelho nasceu esperto,
Já dorme de olho aberto,
Não quer inimigo perto,
Só vive desconfiado.

Duelo de Bruxos ou a Pomba e o Gavião

Ninguém sabe há quantos anos
Essa história foi passada,
Porém, em roda de prosa
Numa noite enluarada,
Vez por outra alguém se lembra —
Foi não foi, ela é contada.

Um camponês muito pobre,
Lá nos confins do sertão,
A casa cheia de filhos,
No bolso nenhum tostão,
Porém, vivia tranquilo
Com Deus no seu coração.

Todo domingo ia à missa,
Seu consolo era rezar,
Pedir melhora pra vida,
Mas nada de melhorar.
Cada dia via tudo
Bem mais difícil ficar.

Para apertar mais o nó
Que já vivia apertado,
Nasceu mais uma criança
Para sofrer no roçado
Junto aos nove que já vinham
Passando fome ao seu lado.

Disse ele: — A única casa
Em que tem panela cheia
É a casa paroquial,
Tem café, almoço e ceia,
E o padre sempre me ajuda,
Mas é com a cara feia.

Se eu der meu filho mais novo
Para o padre batizar,
Ele vira meu compadre,
É mais fácil me ajudar;
Talvez até tome gosto
E o leve para criar.

Sou devoto de São Jorge,
Santo que mata dragão,
Com ele eu vou espantar
Essa minha precisão,
Levar a fome pra longe
E trazer carne e feijão.

São Jorge não vai deixar
Os meus morrerem de fome;
Através desse caçula,
A família inteira come.
Vamos entrar para a história
Afirmando o nosso nome.

Domingo depois da missa
Botou o chapéu na mão,
Pediu bênção ao padre e disse:
— Eu tenho um filho pagão;
Quero que o senhor batize,
Diga se aceita ou não?

— Claro, filho, que aceito,
Ouça o que vou lhe falar:
Vivo aqui há trinta anos,
Confesso, ensino a rezar,
Mas ninguém nunca me deu
Um filho pra batizar.

Tenho aqui uma beata
Pra cozinhar e rezar;
Eu vou fazer um pedido:
Quando ele desmamar,
Combine com a comadre
E me dê para criar.

Zé Góes ficou tão contente
Com aquela sugestão.
Disse: — O padre vai fazer
Do meu filhinho cristão
E ainda dará a corda
Que eu enforque a precisão.

Em casa disse à mulher:
— A vida vai melhorar!
O nosso filho caçula
O padre vai batizar
E quando fizer um ano
Vai levá-lo pra criar.

A mulher deu nos cavacos
E foi dizendo: — Essa não!
É justo que ele batize,
Pois o menino é pagão,
Mas fica aqui no meu rancho
Igual os outros estão.

Zé Góes disse assim: — Tiana,
Lá ele vai estudar,
Viver de barriga cheia,
Vai vestir bem e calçar...
E aqui, além da fome,
O que nós temos pra dar?

Foram uns três dias de turra,
Porém seu Zé convenceu.
Com a fala endurecida,
Sebastiana atendeu:
Era contra a doação,
Mas no final entendeu.

Disse ela: — Tenho dez filhos,
Vivem com dificuldade.
Se for pra casa dos outros,
É contra a minha vontade,
Pois quem come de favor
Nunca tem felicidade.

Esse padre vive aqui,
Tem grande propriedade,
Veio lá do estrangeiro,
Chegou na localidade;
Ninguém nem sabe se ele
É um padre de verdade!

Joga, bebe, dança e fuma,
Armado diariamente.
Quem sabe se na tocaia
Não tenha atirado em gente;
Quem for bobo que lhe compre
Por bonzinho ou inocente!

No cabaré outro dia
Disse ele transitando:
"Vim salvar as Madalenas
Que aqui estão pecando."
Mentira! Era uma delas
Que ele estava procurando.

Vive no mundo sem ter
Um cristão como parente;
Tem terra, cavalo e gado,
Mas não tem um ascendente.
Não é pessoa indicada
Que crie o filho da gente!

— Você é desconfiada,
Sei que ele é estrangeiro...
Quem sabe se o nosso filho
Não passa a ser seu herdeiro?
A mulher disse: — Já sei:
O seu negócio é dinheiro!

Seja o que Deus for servido:
Ele pode batizar.
Quando completar um ano,
Tomar contar pra criar,
Mas meu coração me pede
Pra não parar de chorar.

O padre como padrinho
Foi você que escolheu,
Porém a madrinha dele
Quem vai escolher sou eu
E será Nossa Senhora
Pra cobrir com o manto seu.

E a partir dessa data
Passou a ter devoção:
Rezar quarta feira e sábado
Pra Virgem da Conceição,
O ofício e o terço dela,
Pedindo a Deus proteção.

Só batizou com um ano:
No dia do batizado,
Ficou na casa do padre,
Como estava combinado.
O pai retornou contente
E a mãe de peito magoado.

O Padre disse: — Comadre,
Sabe, a vontade minha
É que o Jorginho estude
E seja o meu coroinha,
Depois venha a ser o padre
Desta região todinha.

— Deus lhe ouça, meu compadre!
Nossa Senhora abençoe!
Pra ele vir, só Deus sabe
O sacrifício que foi,
Mas, se eu estiver errada,
Peço que Deus me perdoe.

Entre as centenas de livros
Que o tal padre possuía,
Dez por cento era Evangelho
E o restante era Magia,
Pois neste campo era craque:
O que quisesse fazia!

O *Livro da Cabra Preta*,
E o de *São Cipriano*,
O da *Cruz de Caravaca*,
Capa de aço e de pano,
Ensaios de bruxarias,
Do primeiro ao quinto ano.

Jorginho aprendeu com ele
Falar hebraico e latim,
Francês, inglês, alemão,
E até mandinga... Enfim,
Com dez anos já sabia
Fazer tintim por tintim.

Perto do padre ele dava
Sinal de acanhamento:
Pegava os livros ao contrário,
Sem mostrar conhecimento;
Crescia sem dar sinal
Do seu desenvolvimento.

Quando fez dezesseis anos,
Estava pronto pra tudo:
Preparado na Magia,
Burilado no estudo;
Das artimanhas do padre,
Ele sabia de tudo.

Transformava em qualquer bicho
Ou em qualquer objeto,
No mundo místico ele tinha
Um desempenho completo,
Magia passou a ser
Seu empenho predileto.

Quando se achou preparado,
Chegou à casa dos pais
E disse: — De hoje em diante,
Passar fome, nunca mais!
Vou ser seu pé de dinheiro,
Veja como o senhor faz.

O meu padrinho é um bruxo,
Minha mãe tinha razão.
Graças que minha madrinha
É a Virgem da Conceição
Porque pelo meu padrinho
Eu estava em perdição.

Aperfeiçoei um truque
Para a gente melhorar:
Vou virar um bom cavalo,
Procure negociar,
Mas não me venda com a brida
Para não me complicar.

Eu passo dois ou três dias
Na casa do comprador;
Depois me transformo e volto,
Vou viver no meu setor.
Quando eu virar novamente,
Já viro com outra cor...

Outro porte, outro tamanho,
Com diferentes sinais;
Do animal que sumiu,
Por mais que se vá atrás
E procure céu e terra,
Ninguém encontra jamais.

E a notícia se espalhou:
Bicho que o velho vendia,
Três, quatro dias depois,
O animal logo sumia,
Abria o chão e entrava
E nunca mais ninguém via.

O seu Zé Góes tomou gosto:
Tinha sempre todo mês
Um cavalo pra vender:
Quarto de milha, ou inglês,
Russo, castanho, alazão,
Pombo, lobuno ou pedrês.

Jorginho não se deu conta
Do que ele estava fazendo:
O comentário espalhou-se,
O padre ficou sabendo,
Desconfiou, foi atrás,
Um dia terminou vendo.

Passou perto do compadre,
Disse com voz entre dentes:
— Quem não conhece que compra
Cavalo que vira gente!
Os inocentes compraram,
Mas eu não sou inocente.

Chamou um amigo e disse:
— Vá à feira por favor
Me compre aquele cavalo,
Mas convença o vendedor
Para trazer com a brida;
Pague o dobro do valor!

O comprador foi chegando,
Se mostrou interessado:
— Qual o preço do cavalo?
E o vendedor animado
Disse: — Três contos de réis.
Ele disse: — Está comprado.

Pegou e tentou puxar,
Mas seu Zé Góes assustado
Disse: — Eu troco essa brida
Por cabresto reforçado,
Comprido, pra ir puxando
Que em outro vai montado.

O comprador disse: — Não!
Paguei do jeito que estava
Se dissesse: "É sem a brida",
Eu juro que não comprava;
Negociava melhor,
Nem dois contos eu não lhe dava!

Já paguei, agora é meu,
Reveja o que vai fazer.
Eu não sou cabra de peia
Que compra pra devolver
Ou negócio com menino
Que o pai vem desfazer.

Você é homem ou não
Ou eu estou enganado?
O negócio não desfaço,
O cavalo está comprado;
Eu vou levar com a brida
Nem que eu pague dobrado!

Nisso Zé Góes não queria
O negócio desmanchar,
Pensou em subir o preço
Para o moço recuar.
Disse: — Com a brida é dez,
Se o senhor quiser levar!

Quando ele disse o preço,
O olhar perdeu o brilho
O comprador disse: — Eu pago!
Em negócio eu não me humilho...
O pai sentiu que marcou
O fim da vida do filho:

— Sagrada Mãe, eu lhe peço,
Perdoe esse meu pecado!
Defenda aquele meu filho
Que se encontra condenado,
Transformado em um cavalo,
Sendo o seu pai o culpado!

Quando o padre recebeu
O cavalo, deu risada,
Babou como um cão raivoso,
Deu bastante gargalhada,
Dizendo com seus botões:
— Estou de alma lavada!

Deixou ali o cavalo
Sem comida e sem bebida,
Batia pau e solava
De o corpo abrir em ferida,
Contando no pensamento
Os últimos dias de vida.

Chamou o empregado seu
E falou: — Eu lhe promovo
A gerente da fazenda,
Porém não solte o estorvo;
Se não beber com a brida,
Traga e amarre de novo.

Vá dar água ao meu cavalo,
Dê um banho, dê ração,
Porém não me tire a brida
Nem à força de oração
E nem que o pedido venha
Da Virgem da Conceição!

O rapaz chegou ao rio,
Foi o cavalo banhar.
O cavalo não bebia,
Alguém pôs-se a reclamar:
— Tire a brida do animal
Pra ele se saciar.

— Não posso tirar porque
O padre deu instrução
Que não tirasse essa brida
Nem a punho de oração,
Nem que o pedido viesse
Da Virgem da Conceição!

A pessoa disse: — Então,
O animal vai morrer.
Com a brida ele não come,
Com ela não vai beber;
É a maior malvadeza
Que eu vejo um padre fazer!

O homem sentiu no peito
Uma tamanha emoção,
Chegou perto do cavalo,
Tirou com raiva o bridão:
Ele virou-se num peixe,
Foi rápida a transformação.

O homem ficou surpreso
E o outro preocupado.
— O que vou dizer ao padre?
— Diga pra o bruxo safado
Quem mata animal de fome
Foi, é e será culpado!

O tratador disse ao padre:
— Senhor, eu não fui culpado!
Um homem tirou a brida,
Por mais que fosse avisado.
O cavalo virou peixe,
Está no rio alojado.

O padre deu uma popa,
Espumou e rogou praga
E disse com voz colérica:
— Aquele *peste* me paga!
No mundo da bruxaria,
Um de nós dois perde a vaga!

Correu pra beira do rio,
Chegou no canto e parou,
Ajustou bem a batina,
Olhou pra cima, rezou:
— Valei-me um jacaré! —
E nele se transformou.

O jacaré ia rápido,
Parecendo um furacão;
No fundo, encontrou o peixe,
Firmou-se a perseguição,
Parecendo buscapés
Em noite de São João.

Um subia, outro descia,
Sempre ziguezagueando,
Só faísca de relâmpago
Quando está trovejando
Ou então curto-circuito
De dois fios se encostando.

O peixe não aguentava
Mais exaustão e cansaço;
Disse: —Oh, minha madrinha,
Me diga o que é que eu faço?
Mas me transforme em um pombo
Para eu galgar o espaço!

Virou um pombo e voou,
Sumiu rápido na amplidão.
O jacaré também fez
A sua transformação:
Pra tentar pegar o pombo,
Virou-se num gavião.

Saíram cortando espaço
Como aviões de guerra:
Ora sumiam na baixa,
Ora superavam a serra;
Nem pareciam dois bichos
Que já pisaram na terra.

O estado de origem
Já haviam atravessado,
Invadiram o espaço aéreo,
Estavam em outro estado,
Um doido para pegar,
Outro pra não ser *pegado*.

Comparava-se a disputa
Com a morte atrás da vida,
O vaqueiro atrás do boi,
A fome atrás da comida,
O cachorro atrás da caça,
E a caça sem ter saída.

Durava mais de seis horas
Aquela perseguição:
O pombinho se afastava,
Encostava o gavião,
Tal um carro de corrida,
Fazendo curva no chão.

O gavião disse: — Hoje,
Você não foge da rinha,
Por que a magia negra
Eu a controlo todinha.
Disse o pombo: — Eu creio em Deus,
Jesus e minha Madrinha!

O Gavião disse: — É bom
Você se apegar com Ela.
Eu vou arrancar seus olhos,
Rasgar a sua titela,
Beber sangue, comer fígado,
O coração e a moela!

Disse o pombo: — Seu rosário
De maldades vai ter fim!
Mestre perde para aluno,
Você vai perder pra mim.
O afilhado é tão bom
E o padrinho tão ruim!

O gavião deu um tombo
No pombo que quase pela,
Não feriu, mas tirou penas;
Oh, hora apertada, aquela!
Passaram por um sobrado
Com uma moça na janela.

Voando o pombo clamou:
— Minha Madrinha, me ouça...
Fazei de mim um anel
Pra o dedo daquela moça;
Que a sorte vença o azar,
Mesmo tendo menos força.

Fez o pedido e sentiu
Na mesma hora a ação:
Caiu no dedo da moça
E disse: — Preste atenção:
Se me pedirem, me jogue,
Mas não entregue na mão.

O gavião passou reto,
Deu meia-volta e parou,
Rodou o prédio três vezes
E no terreiro pousou,
Virou um moço elegante,
Para o sobrado marchou.

Bateu palmas no portão,
O dono veio atender
Disse o "moço": — Cidadão,
Me acanho ao lhe dizer:
Sua filha tem uma joia
E tem que me devolver!

Ela é de ouro maciço,
Tem uma pedra amarela;
São quarenta e dois gramas,
Meu nome é gravado nela...
Mãe mandou fazer pra mim,
Não existe outra daquela.

O dono da casa disse:
— Vamos entrar, por favor.
Se a joia estiver com ela,
Seja de que jeito for,
Eu posso lhe garantir
Que ela entrega ao senhor.

O homem chamou a filha
Para a sala de visita
E disse: — Minha menina,
Aquela joia bonita
O rapaz veio buscar,
É dele se acredita.

Disse a moça: — Um passarinho
Passou aqui e me deu.
Eu não devolvo a ninguém,
Pois o destino elegeu
O dono desse anel
Para ser esposo meu.

O senhor não é o homem
Com quem eu vou me casar.
Retorne, pegue o caminho,
Papai mande ele voltar!
Este papo não convence,
Pois nada vou lhe entregar!

— Filha, entregue-lhe o anel,
Esse moço tem razão.
Se o anel tem o seu nome,
Entregue na sua mão...
A moça escutou a voz:
— Não lhe dê, jogue no chão!

Assim mesmo a moça fez:
Jogou o anel na sala...
Virou um trilho de milho,
Mais ou menos como escala,
Com dois metros distância;
Todos ficaram sem fala.

O forasteiro tremeu
E disse: — Valei-me um galo
Para comer este milho!
Por ser pouco, não me entalo!
E o resto desta história
Quando retornar eu falo...

Virou num galo caboclo
Com um enorme esporão
E saiu catando o milho
Que estava no salão,
Rodopiou, cantou alto:
— Eu sou o Rei do Sertão

O galo fechou os olhos
No momento de cantar,
Mas tinha ficado um grão
Escondido em algum lugar:
Virou num gato e pegou
O galo pra estrangular.

O gato respirou fundo
Depois que o galo morreu:
Transformou-se num rapaz,
Disse: — Jorge é o nome meu,
Pois Deus é sempre o maior.
Madrinha, a gente venceu!

O bruxo velho morreu
Com o seu próprio veneno;
Se feriu com a própria arma,
Sucumbiu no seu terreno,
Se esqueceu que Deus é grande
E todo o resto é pequeno!

— Linda moça, Deus lhe pague!
Cidadão, muito obrigado!
Vim encontrar minha sorte
No salão do seu sobrado...
Se não fosse a vossa filha,
Eu seria devorado!

A jovem disse: — Seu moço,
Preciso lhe confessar:
Quando o anel me tocou,
Eu estava a implorar
À Virgem da Conceição
Um rapaz para casar.

Você foi Deus que me deu,
Quero viver ao seu lado.
Na vida existe mistério
Que nunca vai revelado:
Tu vieste aqui voando,
Vai voltar daqui casado.

Sou sua, graças a Deus,
Leve-me onde quiser,
Me respeite, pois farei
Não o que você disser,
Mas aquilo que acho justo
Para ser sua mulher.

O padre não tinha herdeiro,
Jorge ficou com a fazenda:
Trouxe os pais e os irmãos
Pra participar da renda.
Quem tem fé possui a arma
Pra vencer qualquer contenda.

Dona Tiana dizia
A Zé quando se zangava:
— Se não fosse a Virgem Santa
Jorginho não triunfava.
Você agora está vendo
Que o padre não prestava!

Mas Zé Góes lhe respondia:
— Se Jorge fosse pagão,
Sem ter ele por padrinho,
Sem ele pra dar lição,
Não tinha terra, nem gado
E a gente não tinha pão.

Mas Dona Sebastiana
Dizia sem ter demora:
— O padre não nos deu nada,
Nunca quis nossa melhora;
Sem ela, a madrinha dele
Éramos pobres até agora.

Mas Zé Góes lhe respondia
— Discutir não nos convêm.
Vamos criar nossos netos,
Trabalhar e viver bem,
Agradecer a Jesus
Por tudo que a gente tem.

Onde só tinha pobreza
Passou a ter pão sobrando;
A fazenda da mulher
Jorginho findou herdando,
Ainda tem descendente
Nas duas áreas morando.

Todo homem inteligente
Tem direito de vencer:
Jorge tinha inteligência,
Jogou para não perder
Ficou rico, casou bem,
Foi feliz até morrer.

A bem-aventurada Dulce dos Pobres, Irmã Dulce da Bahia

Na casa da mãe gestante
Entra o anjo Gabriel:
— A paz em nome de Deus,
De Maria e Isabel,
De Ana e de Joaquim
De Miguel e Rafael!

Essa casa abençoada
Deus tem um plano pra ela:
Nascerá nela uma santa
E os pobres, através dela,
Terão colo, amor e pão,
Serão remidos por ela.

Maria de Souza Brito
Lopes Pontes, mãe perita,
E doutor Augusto Lopes,
Os pais de Maria Rita
Que veio ser Irmã Dulce
E depois santa bendita.

Desta maneira se deu:
Para Irmã Dulce nascer,
Uma energia celeste
Chegava para aquecer
Os corações dos seus pais,
As fôrmas do bem-querer.

A graça divina passa
Por uma peneira fina,
Filtra no manto sagrado
Como a mais nívea neblina,
Transforma em soro da alma
Como Deus pai - determina.

Quando Deus prepara um ser
Já tem pra onde mandar,
Já sabe quem vai dar colo,
Dar carinho e preparar
Para os fins do seu desejo
Não ter meio de errar.

Quando o ser nasce recebe
A missão e o mapa astral:
Um defende planta e água,
Outro gente e animal
E outro cuida de creche,
Desvalido e hospital.

Dulce dos Pobres estancou
Em uma parturiente
Um imenso rio de sangue
Que corria bravamente,
Obrigando a equipe médica
Ficar de cabeça quente.

Claudia Cristiane é
O nome da paciente.
Dulce dos Pobres queria
Que o mal ficasse ausente
E o mal enganava os médicos,
Tentando ficar presente.

Um sangramento excessivo
Se atracou com a paciente.
Doutor Antônio Cardoso,
Médico muito experiente,
Se esforçou, pediu ajuda,
Mas foi insuficiente.

Padre Almir, o capelão,
Com seus pensamentos nobres,
É um devoto contrito
Da Santa Dulce dos Pobres:
Investiu em orações,
Mas do que fortuna em cobres.

Dulce arrodeou de preces
A alma da sergipana,
Trouxe da porta do abismo
Por saber que a mão humana
Só triunfa quando tem
Intervenção soberana.

Tinha vasta experiência
Doutor Antônio Cardoso;
Não tinha encontrado ainda
Um trabalho tão custoso,
Sangramento tão intenso,
Caso tão dificultoso.

A equipe médica exausta,
Já dobrando três plantões,
Também fez sem descansar
Três grandes operações,
Não diminuindo em nada
Suas preocupações.

Era abrindo, e só viam
O sangue coagulado,
Todos os órgãos sangrando
De modo acelerado.
"Só por milagre teremos
Aqui um bom resultado".

A técnica chegou ao fim,
A capacidade, não.
Ainda restava a fé,
E fé, tinha uma porção:
"Pense um estado inteiro
Concentrado em oração."

Tem um provérbio que diz:
"Ela morreu e viveu",
Mas com Claudia é diferente:
Dulce dos Pobres atendeu,
Juntou-se a Deus e aos anjos,
Ela reestabeleceu.

Ela hoje tem o filho,
O filho hoje tem a ela,
E Sergipe tem os dois
Para escutar dele e dela:
"Sem Dulce o mundo é menor
E se torna melhor com ela".

Sagrada Dulce dos Pobres
De o filho ter mãe não priva,
Nem priva de a mãe ter filho,
Deu força pra comitiva.
Usar fé, conhecimento
E mostrar que a mãe está viva

Imagem, orações e preces
Mandaram pra paciente,
Colocaram em torno dela,
Tratando dali pra frente
Pedir a Dulce dos Pobres
Saúde à parturiente.

Deus tudo quer, tudo pode,
Tudo faz intensamente,
Dulce dos Pobres é um dedo
Deste sublime regente
Que rege a orquestra da vida
Em benefício da gente.

Se vai defender os pobres,
O menos aventurado,
O velho, o menor carente,
O leproso, o aleijado,
O seu convênio com Deus
Desde cedo está formado.

Irmã Dulce não viveu
Pelo pão, nem pelo pano,
Por ouro, nem vil metal,
Como qualquer ser humano:
Conectou sua vida
Direto com o Soberano.

Ela sempre fez milagre.
Ninguém nunca se esqueceu
Da velha Ilha dos Ratos
Onde tudo aconteceu,
A primeira casa foi
Um grande milagre seu.

Cada ato era um milagre
Se bem prestar atenção:
Aquele mínimo era o máximo,
Pois, naquela ocasião,
Tinha tudo de pobreza
E nada de condição.

Dulce dos Pobres dizia:
— Fortuna eu não vou fazer.
Tenho Deus e Deus me basta,
Nada falta pra meu ser.
Se Ele me tiver na Glória,
Nada mais eu quero ter!

Ao seu povo pequenino
Disse mais de uma vez:
— Sou da paz e quero paz,
Vivo como Deus me fez;
Dei meu coração a Deus
E meu trabalho a vocês.

Minha vida é pra servir,
Se não, para que viver?
Riqueza, pra que riqueza
Se eu não posso nem comer?
Invisto tudo nos pobres,
A forma de Deus me ver.

Cada um escolhe um ângulo
Da vida para explorar.
Eu escolhi a pobreza
Pra defender e ajudar,
Cercar todos de amor
Para a fome não matar.

Irmã Dulce fez milagre
Todo o tempo em que viveu,
Teve título santa em vida
Que o povo baiano deu,
Mas sua farda de santa
Só vestiu quando morreu.

Nas vitórias iniciais,
Medalha de papelão,
Depois bronze, prata e ouro
Vieram pra sua mão;
No fim, o troféu divino:
Sua canonização.

Foi contada e recontada
A belíssima história dela.
Do conhecimento o mundo
Abriu as portas pra ela
E o reconhecimento
Fundiu-se com a aura dela.

A lama da Madragoa
Que lhe sujou pé e mão
Transformou-se em capitólio,
Grinalda, fama e brasão,
Grandeza, notoriedade,
Fulgor e reputação

Não há vitória sem luta!
Luta Irmã Dulce enfrentou,
Discriminação e jugo,
Tudo por ela passou;
Difamação, preconceito,
Porém nada lhe parou.

Muitos lampejos celestes
Pararam nas frontes dela.
Os baianos em geral
Dobram os joelhos pra ela;
A sua brandura é tanta
Que a brisa se inspira nela.

Milagre pra o povo pobre
Era feito todo dia:
Quem tinha pouco recurso
Esse pouco dividia.
O mais insensível ou duro
Ao vê-la se comovia.

Lembra Padre Ibiapina:
Fez muito sem nada ter.
Dulce dos Pobres fez tanto
Que dá pra o mundo dizer:
"Quem pouco comeu na vida
Foi quem mais deu de comer".

Foi a "baixinha" mais alta,
Foi a ela a frágil mais forte,
O som baixo de mais eco,
Brasileira de mais sorte,
Mansidão e vida longa,
Mulher santa antes da morte.

Magnificência alta,
Reputação elevada,
Notoriedade plena,
Aura de lua pejada,
Lampejo de Estrela D'alva
Surgindo de madrugada.

Dei meu coração a Deus
Para nunca me faltar
Condição de dar um pão
Na mesa que precisar.
Troco o medo de pedir
Na coragem de doar.

Todos os santos que estão
Na casa do Pai dos Pais,
Nenhum foi de mãos beijadas,
Todos sofreram demais.
Para uma vida ser santa
O sofrimento é quem faz.

Santo Ivo é protetor
De juiz e advogado,
A balança da justiça
Está sempre do seu lado,
Sua intervenção garante
Retidão no magistrado.

São Genaro é padroeiro
Dos artistas teatrais,
Pra quem trabalha em cinema
A proteção ele traz;
São Francisco ama os poetas,
Pediu com fé, ele faz.

Isidro, Estevão e Cristóvão,
Genaro, Pedro e Luzia,
Tadeu, José e Antônio,
Roque, Crispim e Maria,
Ajudem Dulce dos Pobres
Favorecer a Bahia!

Para objetos perdidos
São Longuinho é solução
E Santa Dulce dos Pobres,
Faltando remédio ou pão,
Exame, consulta médica,
Sempre estará de plantão.

Faltando apenas dois dias
Pra Dulce desencarnar,
Jesus disse à Virgem Santa:
— Sabe, Mãe, quem vai chegar?
É Santa Dulce dos Pobres,
Vamos recepcionar.

Maria Santíssima disse:
— Rios de lágrima a correr
No estado da Bahia,
Todos estão a fazer
Orações para Irmã Dulce
Na terra permanecer.

Jesus disse: — É egoísmo
Transformado em desespero.
As "Obras" atendem os baianos,
Atende algum estrangeiro;
Ela vindo, passa a ter
Alcance no mundo inteiro.

Sua missão é maior
Do que tem-se demonstrado;
A mulher Dulce faz coisa
Que apaixona o estado
E a sombra morna da santa
Cobre o mundo de cuidado.

No aparelho da fé
Coloca o líquido do amor,
Com a seringa da esperança
Aplicar este licor
Pra restaurar a saúde
No corpo do sofredor.

Sua voz mansa apascenta
O leão enfurecido;
Quando tem alguém em crise,
Basta ela ouvir o gemido,
Pensa em Deus, estende os braços,
O ente está socorrido.

Clame baixo e Deus escuta...
Irmã Dulce não gritou,
Seu pedido voou alto,
Tranquilo se agasalhou:
Foi ao Pai como uma prece
E como prece voltou.

Fé é crença acumulada,
Enlouquecer de amor,
Amor além da medida
É quando o admirador
Confia infinitamente
Nesse seu ser protetor.

José Maurício Bragança
Há catorze anos tinha
Cegado, pois o glaucoma
Roubou-lhe a visão todinha;
Não via quem estava perto,
Nem quem ia, nem quem vinha.

Além disso, o atacou
Conjuntivite viral:
Inflamação tenebrosa,
Um derrame visual.
Se mal já vinha passando,
Cresceu mais aquele mal.

Maestro José Mauricio
Que um coral dirigia,
E justamente o coral
Tocava naquele dia,
Em vez de notas sonoras,
Terríveis dores sofria.

Já tinha fé extremosa
Em Santa Dulce dos Pobres;
Desta que ouro não compra
Só tem em corações nobres,
Não se paga com o valor
Do mundo virado em cobres.

Uma dor alucinante
Crucificava José.
Sentado, a dor torturava
Vinha dos olhos pra o pé.
Não endoidou por ser forte,
Não morreu porque tem fé.

O desespero era tanto,
A família não dormia.
A esposa, dando apoio,
Sempre compressa trazia,
Colírio, medicamento,
Mas nada disso servia.

Ele pegou a imagem
Da santa mãe da pobreza,
Botou nos olhos chorando,
Implorando por defesa:
— Mãe, me arranque esta dor,
Vós sois santa de grandeza!

O seu prestígio com Deus
Deu pão aos necessitados,
Aos pobres da Madragoa,
Aos pobres dos Alagados,
E vai curar minha dor,
Apesar dos meus pecados!

Eu sinto, bendita mãe,
O seu toque confortante.
Há quatro noites não durmo,
Sofro dor horripilante,
Passe o seu manto em meus olhos,
Faça eu dormir um instante!

Com tanta dor eu não posso
Dormir nem me concentrar,
A paz se afastou de mim,
Não consigo nem rezar.
Mãe, eu lhe imploro que faça
O meu sossego voltar!

Tento mostrar quanto era
Que o maestro padecia
E pelos olhos da alma
Sentia que a dor comia
O último fio de esperança
Que a esperança trazia.

Foi muito grande o clamor;
Ele, a dor e a imagem.
Durante a prece dormiu
Como um fim de reportagem,
Pensando como é bom ter
Respeito, fé e coragem.

Quando acordou, recebeu
Uma compressa gelada.
Passando a mesma nas vistas
Que antes não viam nada,
Passou a ver suas mãos
Ficou de mente espantada.

Preocupado com aquilo,
Ficou ali matutando.
Quando devolveu a imagem,
Já retornou bocejando,
Dormiu para não sentir
Santa Dulce lhe operando.

Não só as mãos ele viu,
Viu o crucifixo com Cristo,
Viu o rosto da esposa,
Que ainda não tinha visto.
Mil graças à Santa Dulce
Deu deslumbrado com isto.

— Diferente do milagre,
Os exames estão mostrando
Você ainda está cego,
O doutor vem lhe avisando...
— Se estou cego, me diga
Por que estou enxergando?

— Não sei, mas diz o exame
Que ali nada mudou.
O glaucoma interrompeu
Por onde a visão passou
Não é pra passar, mas passa,
Que Santa Dulce operou.

— Santa Dulce, eu não pedi
Pra voltar a enxergar,
Pois os médicos me diziam
Isso eu não vou alcançar
Que o nervo óptico secou
E não vai recuperar.

A Ciência não entende
Uma ação miraculosa.
Quando acontece uma desta,
Acha uma coisa estrondosa.
Santa Dulce fez de leve,
Como a abelha beija a rosa.

Tive mais do que pedi,
Ganhei mais do que mereço,
Santa Dulce, Mãe dos Pobres,
Nós enviaremos terço,
Missa, novena e louvores
Pra o Céu, seu novo endereço.

Brevemente mais estados
Irão se interessar,
Construir mais hospitais
Pra lhe homenagear,
Mais paciente atender
E mais milagre alcançar.

Com o vagar da notícia,
Sempre em favor do bem,
Em outras partes do mundo
Creio que terá alguém
Como eu, que mereci,
Outros mereçam também.

Teve alguém antes de mim,
Depois também deve ter.
De nós ficaram sabendo,
Mas terá de acontecer
Os que nunca saberemos
E os que vamos saber.

Claudia Cristiane vibra
E José Maurício Bragança
Se une a santo que louva
Se une a anjo que dança.
Nós somos loucos de amor,
De fé e de confiança.

O maestro que não via
Sofria dor e gritava,
Hoje está vendo e andando...
A mulher que desmanchava
Em sangue por toda parte
E médico nenhum curava...

Dulce dos Pobres restaura
A paz onde não existe,
Usa a fé e expulsa o mal
Do canto que o mal insiste.
Havendo o necessitado,
Pede a Deus e Deus assiste.

Quem luta com fé alcança,
Ter fé não dói e faz bem,
É bom não ver e ter fé,
Pois a pessoa que tem
Recebe a graça e não sabe
Do canto que a graça vem.

O encontro sangrento de José Caso Sério com Manoel Qualquer Hora

Quando a musa me inspira,
Muito satisfeito fico,
Sento na banca e escrevo,
Entro na gráfica e publico,
Corro para a feira e vendo,
Volto me sentindo rico.

Só escrevo quando noto
Que vou agradar ao povo,
Em cada cordel que lanço
Coloco um assunto novo.
Vivo cheio de prazer
Com o prazer que promovo.

Narrei *Quirino Beiçola*
Junto a Tomaz Tribuzana.
Agora Zé Caso Sério
Vai amassar Jitirana
Com Manoel Qualquer Hora,
Bravo como caninana.

Quando o destino se invoca
E põe dois valentes perto,
Munição sobe de preço,
Mais um túmulo vai aberto,
Sangue humano ensopa a terra,
Pois o funeral é certo.

Dois valentes se encontrando
Com vontade de brigar,
Quem passar perto não tem
Algo para comparar.
Faz nascer braço em cotó
Se o cotó reparar.

Vou falar de dois valentes
Um no outro pondo escora,
Um é José Caso Sério,
Outro é Manoel Qualquer Hora,
Homens que não aprenderam
Onde é que o medo mora.

Senhor Manoel Qualquer Hora
Era conterrâneo meu.
Lá em Antônio Cardoso
Há muitos anos viveu.
Deu contravapor em muitos,
Mas ninguém nunca lhe deu.

Vivia do seu roçado
Um pequeno agricultor,
Cumpridor de seus deveres,
Honesto e trabalhador,
Valente quando devia,
Porém nunca malfeitor.

Alto, esbelto e sorridente.
Sempre manso aonde chegava,
Respeitador ao extremo,
Sua voz nunca alterava.
Quem o visse não dizia
Que aquele homem brigava.

Manoel dançava a música
Que o destino tocava,
Pegava boi que fugia,
Burro bravo ele amansava,
Onça esturrava na furna,
Quando o via, ela calava.

Tinha o dom de atirar,
Era bamba no facão,
Brigava com quatro ou cinco
Em qualquer ocasião,
Facão tornou-se uma arma
Perigosa em sua mão.

Cortar cigarro na bala
Era brincadeira boa,
Cortar um talo de rosa
Na boca de uma pessoa,
Isso Manoel fazia
Brincando e cantando loa.

Se algum afoito chegasse
Chamando-o para brigar,
Ele dizia: — Ô menino,
Vá comer para engordar,
E volte aqui para eu ver
Se é hora de lhe matar.

Manoel chegou um dia
Lá em Santo Estevão Novo.
Entrou na feira tranquilo,
Conversando com seu povo.
Nisso vem um burro bravo,
Quebrando panela e ovo.

Bate em um, derruba outro,
Era aquela danação.
Manoel saiu de baixo,
Deu na rédea um puxavão,
Que rolaram na calçada
O ginete e o peão.

Era um jagunço jovem,
Da vida desinformado;
Confiante no revólver,
Quando se achou deitado.
Quase morto de vergonha,
Levantou-se alucinado.

Em vez de pedir desculpas
Gritou com atrevimento:
— Vou lhe dar uma lição,
Seu catingueiro nojento!
Se nunca viu cabra macho,
Achou um nesse momento!

Manoel pensou e disse:
— *Ás* não vai ganhar pra *Duque*.
Nos sambas que tenho sambado,
Você não pega um batuque.
Revólver não me intimida,
Nem tenho medo de muque.

Quer passar bem vá pra casa
Curar o seu ferimento.
Amansa burro quem sabe,
Você é quem é nojento.
Mesmo um burro não aceita
Ser manso por um jumento.

Se quer morrer caia dentro;
Se quer viver vá embora;
O prêmio da sorte grande
Eu estou lhe dando agora
Para morrer conhecendo
Quem é Manoel Qualquer Hora.

O jagunço sacou rápido,
Mas recebeu chumbo quente.
Manoel disse: — Coitado!
Morreu por ser inocente.
Quando chegar ao inferno
Quer pôr a culpa na gente.

Com dez ou quinze minutos,
Começou chegar paisano.
Manoel fez o revólver
Cuspir balas pelo cano;
Matou tanto neste dia
Que Deus não salvou num ano!

Manoel pegou o burro
Que perto estava amarrado,
Comprou nova munição,
Viajou preocupado,
Pensando na nova briga
Quando visse o delegado.

Foi ver o chefe político
Bateté da região,
Na Lagoa dos Cavalos,
Fazenda de tradição
De seu Antônio Cardoso,
Homem de *sim, sim, não, não*.

Desmontou, deu "boa-tarde",
Entrou de chapéu na mão,
O coronel perguntou:
— Traz fome? Ele disse: — Não.
— O que houve, Qualquer Hora?
Ele narrou a questão.

— Tá ferido, Qualquer Hora?
Diga logo, por favor?
Se eu não der jeito aqui,
Mando buscar um doutor
Em Feira, em Santo Amaro,
Cachoeira ou Salvador.

— Coronel, não tenho no corpo
Cravo ou espinha madura,
Entraz, cabeça de prego,
Não tenho nada que supura.
Risco de faca ou de bala
Ou qualquer coisa que fura.

— E quantos homens morreram
Neste *miserê* danado?
— Coronel, não sei o tanto,
Sei que morreu um bocado.
Pra todo lado da feira
Ficou jagunço espichado.

Eu tinha cinquenta balas,
Perdi três recarregando.
Quando dei o último tiro
Fui o meu facão puxando.
Não precisou por não ter
Um homem em pé esperando.

Não dou dois tiros num homem
Porque não há precisão.
Pelas balas que gastei,
Vai faltar na região
Pano preto para luto,
Madeira para caixão!

O senhor conhece bem
Quem é Manoel Qualquer Hora.
Eu vim pra lhe perguntar
Que diabo eu faço agora:
Volto lá e mato o resto,
Fico aqui ou vou embora?

O coronel disse: — Moço,
Eu vou lhe dar cobertura.
Ficar aqui não convém,
A jagunçada procura.
Quem se guarda come mais
Farinha com rapadura.

Faça como eu vou dizer:
Deixe seu sítio pra trás.
Vou lhe arranjar dinheiro,
Parta pra Minas Gerais,
Vá negociar com gado —
É o melhor que você faz.

Manoel disse: — Patrão,
Mas vou ficar lhe devendo.
Trinta ou quarenta jagunços
Não fazem eu sair correndo.
Eu sou Manoel Qualquer Hora
E a hora eu não estou sabendo.

Compre meu sítio que eu vou
Viver em qualquer estado,
Mas eu não saio daqui
Com um tostão emprestado
Com medo de um jagunço
Que já está enterrado.

Posso morrer como mato
Se o outro atirar primeiro,
Se o meu dedo der câimbra,
Ou meu revólver certeiro
Pedir férias, der preguiça,
Deixar de ser carniceiro.

Vou pra casa, coronel,
Cuidar de galinha e pato,
Cevar porco e ver se as vacas
Têm berne ou têm carrapato,
E o resto dos cangaceiros,
Se aparecer, eu mato

Se a polícia cá vier,
Me leva com os pés pra frente
E os cordéis do futuro
Narrarão pra muita gente:
Morre o negro cardosense
Macho, bonito e valente.

Não morrendo, eu volto aqui
Para lhe agradecer.
Viajo amanhã à noite,
Se ninguém aparecer,
Seguirei o seu conselho,
Vou comprar gado e vender

Vamos deixar Qualquer Hora
Organizando a viagem
Pra falar em outro homem
Digno de uma reportagem,
Perigo à vista nas armas,
Cheio de força e coragem.

Ele é José Caso Sério,
Que nasceu pra ser valente.
Lençóis é a sua terra,
Baiano de sangue quente,
Gente de Horácio de Matos,
Tocava até ser parente.

Cortava a Chapada inteira
Levando carga e trazendo,
Também levava na frente
O que fosse acontecendo,
Deu no pé, dava no preço,
Caso Sério era tremendo.

Fazer um destacamento,
Correr pra pedir reforço,
Tirar correia das costas,
Dar surra com couro grosso,
Brigar com dez, doze homens,
Sem fazer maior esforço.

De Itaberaba a Palmeira
José marcou seu império.
Brigar só sem usar grupo
Sempre foi o seu critério,
Por isso espalhou a fama
Como José Caso Sério.

Capoeirista imbatível,
Atirador de primeira,
Tinha os vinte e cinco pontos
Do facão e da peixeira,
Ainda usava navalha
No jogo de capoeira.

Coragem tinha sobrando,
Sabia se *envultar*[1],
Entrava em casa fechada,
Saía sem destrancar.
José era um "caso sério"
Na profissão de brigar.

Foi numa festa de reis
Pras bandas de Redenção,
Em um forró de latada
Nasceu uma confusão.
Neste dia carne humana
Foi de comer de facão.

Neste forró tinha gente
De Lençóis e Mucugê,
Igatu, Andaraí,
Palmeira e Itaitê.
O barulho começou
Sem ter um quê nem porquê.

---

[1] Mudar de forma por meio de feitiço ou reza-brava.

Todos conheciam a fama,
Mas não conheciam Zé.
Os valentes do lugar
Foram perguntar: — Quem é?
Forasteiro aqui não dança,
Paga a cota e fica em pé.

José Caso Sério disse:
— Eu estou em Redenção,
Vou carregar de mamona,
Produto da região.
Se eu não dançar, ninguém dança —
Tá terminada a questão!

—Terminada, não senhor,
A questão tá começada.
Você não dança e apanha,
Paga e fica na calçada.
Valente aqui leva bala,
Mofino leva palmada!

Disse Zé: — Não é enfeite,
A arma que tenho no cós.
O destino está cavando
Um grande abismo entre nós,
Eu sou José Caso Sério,
Jequitibá de Lençóis.

Alguém quis tremer a fala,
Porém outro encorajou:
— Somos trinta, ele está só
E não conhece onde entrou.
Hoje Caso Sério apanha,
Se é que nunca apanhou!

— Vocês são trinta, eu estou só.
Saibam como vou fazer:
Vou matar dez aqui dentro,
Sobram vinte pra correr.
Sangro dez e os outros dez
Vão chorar pra não morrer.

Vamos beber e dançar
Que fica melhor pra nós.
Para mim um crime a mais
Não me faz tremer a voz.
Meu punhal não goza férias,
Meu trinta não sai do cós.

Querem amigo? Eu sou um.
Se querem encrenca, encontraram.
Vocês não pensaram bem
Quando me desafiaram,
Acho bom se arrependerem
Das bobagens que falaram.

Tinha um Pedro Cutilada,
Conhecido desordeiro.
Avançou pra Caso Sério,
Da forma de um marrueiro:
José tocou-lhe o punhal,
Caiu pronto no terreiro.

Correram cinco de vez
A fim de pegar José.
Ele deu uma rasteira,
Não ficou nenhum com fé.
Capoeirista conhece
O lugar que baixa o pé.

Caso Sério disse: — Agora
Não gasto mais munição.
Vou dar em vocês de tapa,
Rabo de arraia e facão,
Que mofino não aguenta
Brigar ouvindo explosão.

Aí o tempo fechou:
Cabeçada, perna e braço.
De vez em quando o facão
Subtraía um pedaço.
Com uma hora de encrenca,
No chão só tinha bagaço.

O facão entrava em gente
Como estilete em papel,
Como faca em melancia,
Como formiga no mel,
Cortou miúdo que dava
Pra fazer sarapatel!

O conjunto que tocava
Aproveitou pra correr,
Disse: — Os valentes que morram,
Nós não queremos morrer!
O caso com Caso Sério
É sério mesmo a valer.

Por não ter com quem brigar,
José fez um paradeiro,
Subiu numa cajazeira
Que havia no terreiro,
Para ouvir os comentários
Sobre aquele desespero.

Chegou alguém comentando:
— O meu revólver falhou
E a mão tremeu com o punhal
Alguém nem sequer tocou
Um dedo naquele cabra
Que tanta gente matou.

Chico Cobrento tem corte
Do ombro até na queixada,
Pedro Surrão está morto
Com uma banda cortada,
Que cabe uma pá de terra
No lugar da facãozada.

No outro dia, José
Procurou um fazendeiro,
Vendeu a tropa arreada,
Botou no bolso o dinheiro,
Deu adeus a Redenção:
— Não quero mais ser tropeiro.

Foi ver sua mãe de santo,
Que morava em Cachoeira,
Depois queria pegar
O trem pra terra mineira
Onde ninguém conhecesse
Nada da sua carreira.

José Caso Sério disse:
— Eu não quero mais lutar.
Os bons espíritos de luz
Um dia vão me mostrar
A maneira de viver
Sem matar gente e brigar.

Chegando em Cachoeira,
Foi falar com a titia,
Pedir orientação
Para saber se devia
Ir se aventurar em Minas
Ou enfrentar a Bahia.

A mãe de santo falou:
— Me causa preocupação.
Os búzios estão mostrando:
Vai haver mais confusão.
A briga maior de todas
Será com o seu irmão!

— Mãe velha, eu sou tão ruim
Que nem irmão eu não tenho.
Acredito na senhora,
Sou bom no que desempenho,
Mas com história de irmão
Aqui nunca mais eu venho.

— Venha se quiser, meu filho,
Chegue quando precisar.
Os espíritos não se enganam,
Mandam os búzios me mostrar.
Sou obrigada a dizer,
Não você a acreditar.

Tem mais, esse seu irmão
Está corrido também.
Vem assim como você,
Tem proteção do além,
Procurando nova vida
Pra não matar mais ninguém.

Tome este patuá,
Não largue esta oração.
Vá à missa e se confesse,
Não esqueça a comunhão
Para você não morrer
E nem matar seu irmão.

Com quinze dias, José
Resolveu fazer viagem.
Foi até a estação
Comprar a sua passagem,
Que precaução é o forte
Do homem que tem coragem.

Neste dia, Qualquer Hora
Foi chegando em Cachoeira,
Querendo comprar passagem
Pra ir à terra mineira
E sepultar seu passado
Entre Santo Estevão e Feira.

José Caso Sério estava
Na fila para comprar
A passagem e nem notou
Aquele homem chegar,
Pôr o matulão no chão
E atrás dele ficar.

Passagem pra Pedra Azul,
Puxou do bolso a carteira,
Disse: — Estranho, eu pretendo
Ir para a terra mineira,
Me venda uma também...
José disse: — É brincadeira.

Manoel lhe disse: — Amigo,
Eu não brinco com ninguém.
Você vai pra Pedra Azul,
Eu preciso e vou também.
Vaga pra duas pessoas
Até no inferno tem!

Caso Sério não gostou
Da resposta do estranho
E disse: — Você vai ver
Que um homem do meu tamanho
Conhece o tanto da água
Que dá pra tomar um banho.

— Não estou lhe perguntando,
Nem quero lhe atrapalhar.
Se você se acha grande,
Eu corto pra carregar,
Dou três ou quatro viagens,
Mas eu consigo levar.

José Caso Sério disse:
— Se não briga, me libere.
Qualquer Hora respondeu:
— Bafo de boca não fere.
Homem só prova que é homem
Quando outro homem confere!

Caso Sério foi dizendo:
— Chumbo pra mim é barato.
O tiro que dou num tigre
É o mesmo que dou num gato.
Se não briga, caia fora
Para não pagar o pato!

Qualquer Hora disse: — Eu tenho
Mais de um mês sem brigar.
Vou correndo atrás da sorte,
Chego na casa do azar.
Você não dá o direito
Do meu aço enferrujar.

Ali os dois se travaram
No pátio da estação,
Na capoeira de Angola,
Se enrolando no chão,
Demonstrando que sabiam
Muito desta profissão.

Qualquer Hora conseguiu
Dar em Zé uma rasteira,
Tomou dele uma navalha,
Mas levou na brincadeira.
Zé com um rabo de arraia
Tomou da mesma maneira.

Caso Sério se benzeu,
Agradecendo a vitória.
Aí Qualquer Hora disse:
— Você não conta essa história,
Brigar comigo é bilhete
Direto ao Reino da Glória.

Se benzeu também e foi
De novo para o debate.
Disse: — Cabra, corra logo
Se não quiser que lhe mate.
A sua derrota é certa,
Comigo não tem empate.

Caso Sério disse: — Eu noto
Que você sabe brincar,
Mas não tendo o couro duro,
Vai ser fácil te furar!
Puxou o punhal mostrando
Que sabia manejar.

Aí Manoel Qualquer Hora
Também arrastou o seu
E disse: — Não vá contar
Com nenhum vacilo meu.
O azar combate a sorte,
Se não me matar, morreu.

Os punhais davam faísca
Como amolador de faca.
Quando a ponta ia na pele,
No lugar saía placa,
Calombo que nem os bernes
Que dão no couro da vaca.

Qualquer Hora viu José
Deitar-se e sair rolando,
Puxar o trinta e atirar,
Foi também se esquivando,
Saiu da linha do tiro,
A bala passou cantando.

Tentou o segundo tiro,
Mas o revólver enguiçou.
Manoel puxou o seu,
Também não funcionou,
Partiu pra pegar José —
A mãe de santo chegou.

— Meninos, vocês não façam
Deste pátio um cemitério!
Ô Manuel Qualquer Hora,
Este é José Caso Sério,
Seu irmão que foi criado
Na região do minério.

O finado meu marido
Foi um comprador de gado.
Numa virada de trem
Se acabou o coitado,
Homem valente e bondoso,
Severo desassombrado.

Você ficou com um ano
Eu fiquei grávida de Zé,
Lhe levei pra Umburana,
Pra casa de tio André.
Por lá você se criou
Sem saber a mãe quem é.

O Coronel Tonho Cardoso
Lhe protegeu e eu o louvo.
José levei pra Lençóis,
Entreguei pra outro povo.
Quase eu morro sem ter chance
De ver meus filhos de novo.

O meu nome de batismo
É Cassimira Noberto,
Mas eu virei mãe de santo,
Sempre com a verdade perto.
Todo mundo só me chama
Cassimira Ramo Certo.

Seu pai comprava boiada
Pra vender na região,
Morreu quando o trem virou,
Fiquei sem nenhum tostão.
Não pude criar vocês
Por me faltar condição.

Quero o perdão de vocês,
Acabem minha aflição.
Eu como mãe atendi
A voz do meu coração.
Achei melhor dar dois filhos
Do que ir pedir um pão.

— Cassimira Ramo Certo,
Deus abençoe a senhora.
Era nossa mãe de santo
E passou a ser agora
Mãe de José Caso Sério
E Manoel Qualquer Hora.

Manoel disse: — José,
Mãe quer mudar de assunto.
Ela e papai fizeram
Máquinas de fazer defunto.
Quer continuar a briga
Ou ir comprar gado junto?

Cassimira gritou alto:
— Acabem essa batalha!
Seu pai foi teimoso assim,
Mas teimosia atrapalha.
Ou vocês se abraçam agora,
Ou Ramo Certo trabalha.

— Severo Desassombrado
É o nome do pai da gente.
Essa valentia nossa
Vem de cada um ascendente.
Estou me aposentando
Na profissão de valente.

Você criou-se em Lençóis,
Eu em Antônio Cardoso.
Vivemos brigando só
Contra grupo perigoso.
Vamos pra casa de mãe,
Viver em paz é gostoso.

Juntos foram para Minas,
Começaram a comprar gado.
Tendo crédito em toda parte,
Falavam de peito inchado:
— Nosso pai foi boiadeiro,
Severo Desassombrado.

Papai me disse uma vez:
"É difícil a gente ver
Galho que o vento não lasque,
Açude pra não encher,
Valente morrer na cama,
Mas esses dois vão morrer".

Quatro Touros endiabrados e um vaqueiro corajoso

Sonho é uma consequência
Do que a gente vivencia,
Das coisas que acontecem
E vemos no dia a dia,
Nosso subconsciente
Foca na tela e copia.

Carreiro sonha que ouve
Um carro de boi cantando,
Vaqueiro sonha com gado,
Pescador sonha pescando,
Coveiro sonha em velório,
Poeta sonha versando.

Eu, para ganhar a vida,
De tudo já fiz um pouco:
Fui padeiro e calceteiro,
Fui vaqueiro, arranquei toco,
Meus sonhos são misturados,
Às vezes penso estar louco.

Já acompanhei rodeio,
Cavalgada e vaquejada,
Eu sei manejar um laço,
Sei usar uma guiada,
Utilizar um ferrão
Na hora mais apertada.

Meu avô João Muniz
Foi vaqueiro renomado,
Meu pai também foi vaqueiro,
Eu hoje tenho lutado,
Não com um gado real,
Mas com o fantasma do gado.

Eu vivo fantasiando
Histórias miraculosas
De touros misteriosos,
De fazendas cavernosas,
Situações vexatórias
E ocasiões nervosas.

E materializei
Como imagem teatral
No meu subconsciente,
Trouxe pra vida real:
Veio à noite como um sonho
Com imagem virtual.

Busquei quatro touros brabos
De regiões diferentes,
Dois do campo, dois urbanos,
Mas todos quatro valentes,
Bichos que assombraram homens
Em diversos continentes.

O Boi Jiboia assombrou
Na fazenda Sítio Novo,
Já o Boi Misterioso
Causou danos contra o povo
No Rio Grande do Norte
E volta aos poucos de novo.

O terceiro é o Boi Bandido,
Personagem de novela,
O quarto é o Boi Veludo,
Que fez peão queimar vela,
Pedindo pra entrar na festa
E voltar com vida dela.

Eu sonhei com uma paisagem
De chapadão desmatado
Poucas árvores, muito pasto,
Despenhadeiro e valado,
Digno do mundo fazer
O seu filme desejado.

Tinha um açude enorme
Com uma larga trincheira:
À direita muita água,
À esquerda capineira
E belas sombras formadas
Por mangueira e laranjeira.

Ali, esses próprio touros
Misteriosos pastavam,
Curtindo os dias que vinham
E as noites que chegavam,
Dando tempo ao próprio tempo,
A ninguém incomodavam

Parecia que eu já tinha
Visto aquele local,
Cada árvore, aquele pasto,
E visto cada animal;
O meu sonho transformava
O abstrato em real.

As coisas foram criando
Dentro de mim e crescendo,
Cada noite um longo sonho,
O trauma foi se estendendo,
Que até eu acordado
Jurava que estava vendo.

Um dia essa sensação
Extrapolou a medida:
Fui parar naquele vale
De paisagem colorida
Onde aqueles quatro touros
Tentaram tirar-me a vida.

Aqueles touros falavam
E sabiam o meu passado,
Detestavam meu avô,
O meu pai era odiado,
Descendente de vaqueiro
Tinha que ser massacrado.

Se gostasse de peão,
Se admirasse rodeio,
Sofreria a mesma pena,
Passando naquele meio;
Eu entrei de corpo aberto,
Para eles um prato cheio.

Como arma eu possuía
Uma ponta de espada
Com cabo de chifre branco,
Lâmina forte e amolada,
E como defesa os deuses
Vindos da mansão sagrada.

No sonho eu entrei no vale,
Fiquei por lá passeando.
Com pouco eu vi quatro touros,
Cavando o chão e urrando:
Um investiu contra mim
E três ficaram esperando.

Veio à frente o boi Jiboia
Com a ponta esquerda arriada
E foi dizendo: — Vaqueiro,
Eu sofri época passada.
Seu avô me perseguiu
Em dias de vaquejada.

Chegou a vez de vingar
Do que seu avô me fez,
Me pegou, botou careta,
Cabramou[2], pôs no xadrez
Eu hoje vou descontar
Tudo aquilo de uma vez.

Você hoje está cercado,
Não tem como se sair,
Não tem cerca pra pular,
Não tem árvore pra subir,
Não tem laço nem guiada,
Nem cavalo pra fugir.

Eu tenho mais três colegas
Dispostos a massacrar.
Tem o boi Misterioso,
De uma fama secular,
Boi Bandido e boi Veludo,
Que só topam pra matar.

---

[2] Variante de acabramou, isto é, usar o cabramo, espécie de peia, para imobilizar um animal (boi ou bode).

Eu, cercado pelos quatro,
Não tinha o que fazer,
Chamei por Deus com coragem
E comecei a dizer:
— Medo é desculpa dos fracos,
Vou matar pra não morrer!

Se prepare, boi Jiboia,
Já acabou seu reinado!
Você era poderoso,
Mas foi desmoralizado
O meu avô lhe prendeu,
Cabramou, deixou peado.

Você deve estar lembrando
Que João Muniz lhe pegou,
Lhe botou uma careta,
Serrou o chifre e capou,
A fama de catoeiro[3]
Naquele dia acabou.

Na hora que eu disse isso,
O boi Jiboia tremeu,
Partiu pra cima de mim,
Porém Jesus me valeu:
Topei a faca na venta
O sangue quente desceu

---

[3] Catoeiro é o anzol armado em regiões alagadas à espera de peixes. No contexto, significa armadilha, tocaia, traição.

Ele deu um passo atrás,
Eu dei dois passos pra frente;
Disse: — Riacho de sangue
Mete medo a muita gente.
Quem é covarde não passa,
Só passa quem é valente!

O boi Jiboia falou:
— O seu braço vai tremer!
Essa faca vai cair...
Aí, eu pude dizer:
— Urubu magro não faz
Cavalo gordo morrer.

Não estremeça, boi velho!
Eu sou pra mais do contrato.
Se for espírito afugento,
Se for de carne eu lhe mato,
Os cachorros roem os ossos,
E os urubus comem o fato!

Botei a ponta de espada,
Pegando o mole da venta
E disse: — Cuidado, touro,
Receba e diga se aguenta!
Você hoje vai chupar
Um picolé de pimenta!

Disse o touro: — Seu avô,
Pra me desmoralizar,
Montou numa burra velha
E saiu pra me pear...
Através de orações,
Fez minha força acabar.

Eu fiquei como um carneiro
Criado com mamadeira.
Não tive como brigar
Nem como fazer carreira,
Mas hoje eu cobro do neto
Toda aquela ação grosseira.

É certo, você conhece
O seu avô me venceu,
Porém hoje é diferente
Porque meu ódio cresceu
E tenho o boi Misterioso,
Que é bem melhor do que eu.

Leandro Gomes de Barros
Disse que ele desceu
Quando a terra se abriu
E depois apareceu,
Transformado em uma águia,
Prova que ele não morreu.

— Conversa é perda de tempo,
Seu discurso não emplaca.
Você perde a investida,
Toda vez que me ataca;
Levou peia com vovô,
Comigo vai levar faca!

Nisso o boi Jiboia deu
Meia volta e foi embora.
Me sentei, respirei fundo,
Cheirei rapé sem demora,
Veio o boi Misterioso,
Já que com a língua de fora.

E foi gritando: — Vaqueiro,
Sua fama vai ter fim!
O boi Jiboia perdeu,
Sempre achei ele ruim,
Pode atacar a ceroula
Porque vai perder pra mim!

Ismael do Riachão
Me deu mais uma carreira,
Zé Preto do Boqueirão
Se enganchou na madeira...
Você não vai me vencer
Somente com uma peixeira.

Sérgio, o vaqueiro de Minas,
Correu comigo e perdeu.
O seu cavalo estimado
Numa carreira morreu.
Quem já leu a minha história
Conhece bem quem sou eu

— Eu conheço a sua história,
Conheço sua magia;
Convivi com Bevenuto,
Caboclo bom de porfia.
Hoje à noite a minha faca
Vai cortar carne macia!

Você vai levar mais ferro
Do que a linha do trem,
Tem fim a sua existência...
Você pensa que não tem?
Quem furou o boi Jiboia
Vai furar você também!

Nisso o boi Misterioso
Partiu com ação violenta,
Deu um esturro e saiu
Uma fumaça cinzenta,
Quando entrava nos meu olhos
Ardia como pimenta.

Um cheiro de carbureto
Se espalhou no vale inteiro.
Fiquei tonto e fui depressa
Cuidando do tabaqueiro
Com tabaco de arruda
E alecrim de vaqueiro.

O boi investia louco,
Tentando me dar chifrada.
Aí, eu puxei a faca,
Acertei uma pegada
Em cima da pá direita,
Que a mão ficou parada.

Corri para o outro lado
E comecei tapeando,
Joguei o chapéu na cara,
Ele ficou machucando;
Eu furei na pá esquerda,
Findou o bicho arriando.

Cortando os nervos das mãos,
Sem ação ele arriou,
Ficou urrando no chão...
O boi Bandido chegou,
Disse: — Boi Misterioso,
Quer uma ajuda? Eu lhe dou.

O boi Jiboia correu
Com a venta toda furada,
Você não tem mão esquerda,
A direita está cortada;
A sua fada madrinha
Hoje não valeu de nada.

Mas ainda tem um jeito:
Sobram eu e o boi Veludo...
Esse vale nos pertence,
Nós juntos podemos tudo,
Nosso mistério é profundo
Somos nobres com estudo!

Sou campeão de rodeio,
Peão nunca me parou,
Dei mais de oito mil quedas,
Minha fama se espalhou;
Matei dezesseis peões,
Ninguém nunca me matou.

Eu já estava cansado
Das lutas anteriores;
O boi Bandido esturrava,
Fui enfrentando os horrores,
Combatendo aqueles monstros
Sem dar importância às dores.

Em todo canto do corpo
Que a faca batia, entrava
O boi rodava veloz,
Porém não me encontrava,
O sangue lavava o vale
E a luta continuava.

Eu tropecei num buraco,
Caí com a faca na mão,
Vi os meus últimos segundos
Na tela da perdição,
Quando o boi se aproximou
Para dar execução.

Eu fiquei quase entre as mãos
Quando ele foi me amassar,
Acertei no sangradouro,
Senti a faca varar,
O coração do terrível
Vi o Bandido arriar.

Tombou de lado e urrou,
Mexeu pela última vez;
Só restou o boi Veludo,
Vendo o fracasso dos três,
Foi gritando: — meus amigos,
Eu vingo todos vocês

Vou vingar o boi Jiboia,
Nesse vaqueiro infeliz,
Filho de um tiraneiro,
Neto de João Muniz,
Que ali no Sítio Novo
Deu ordem e fez o que quis.

O avô tinha mandinga,
E o pai dele também,
A mãe era rezadeira
E este cabra também tem
Poderes que ninguém barra
Por não saber de onde vêm.

Ameacei: — Boi Veludo,
Nossos nomes 'stão na lama!
Você está vendo o que fiz,
Já conheço a sua fama...
Nós dois estamos cansados,
Mas só existe uma cama!

A profissão de vaqueiro,
Passada de avô pra neto,
Vovô acertou nos feitos,
Pai não errou no projeto.
Hoje um deita e se levanta,
E o outro fica quieto!

Veja dos seus companheiros
Qual é a situação.
Eu ainda tenho a faca
E muita disposição
O Manto da Virgem Pia,
Senhora da Conceição.

Os mistérios não valeram
Para o boi Misterioso:
Fada, bruxo, feiticeiro,
Nenhum truque cavernoso:
Tombou com as mão cortadas,
Me vencer vai ser custoso!

Corra pra ficar valendo
A grande fama espalhada
Por Teodoro e Sampaio,
Com tanta música gravada.
Se morrer não vale a pena,
Me matar não vale nada!

Mas o Boi Veludo disse:
— Seu sonho de me vencer
Vai transformar-se em fumaça
E rápido se dissolver.
O seu prazer de matar
Vai lhe obrigar a morrer!

Está cansado ou com medo?
Ou está com medo somente?
Vamos dar fim na conversa
Botar a luta pra frente.
Boi Veludo não recua
De nenhum bicho valente!

— Pois então encontrou um
Pequeno, magro e tinhoso,
Nascido no canto escuro,
Lá em Antônio Cardoso
Onde o milho tem mais massa
E o fumo é forte e cheiroso!

Lá a vaca dá mais leite,
Vaqueiro tem mais coragem,
Canário canta mais alto,
O pavão tem mais plumagem,
Quem luta contra o meu povo
Faz sua última viagem!

Saia andando se achar
Que faz vergonha correr,
Dá a farinha por menos
É melhor do que perder.
Sair ferido é melhor
Do que brigar e morrer!

Ganhei tempo conversando
Pra melhorar do cansaço,
Caminhei para o lado dele,
Diminuindo o espaço
Para com mais segurança
Poder enfiar o aço.

Veludo, me vendo perto,
Tentou me surpreender
Golpe daquela distância
Era impossível perder,
Cortei o nervo da mão,
Vi o monstro esmorecer.

Com esse golpe, Veludo
Perdeu a agilidade,
Porém era grande e forte,
Causava temeridade;
Eu segui aproveitando
Toda oportunidade.

O chapéu na mão esquerda,
A faca na mão direita.
De vez em quando eu gritava:
— Boi Veludo, me respeita!
Já está chegando urubu,
Sua carniça está feita!

Para reagir na briga,
Era uma força extremosa.
A faca atingia o jogo,
Achava a carne gostosa,
Faltava o último pilar
Daquela obra engenhosa.

O boi Veludo gritou:
— Dessa vez é tudo ou nada!
Vaqueiro, vamos ao fim,
Segure a ponta da espada
Que eu com raiva não gosto
De errar uma chifrada

Aí, eu peguei com força,
A faca fez um encaixo:
Entrou no beiço de cima,
Varou o beiço de baixo.
Eu gritei: — Toma, Veludo!
Respeite um vaqueiro macho!

Com boi Veludo estrepado,
Fiz uma interrogação,
Para saber o motivo
De tanta perseguição,
Tanto desejo de sangue,
Tanto amor à confusão.

— Diga por que a vontade
Que tinha de me acabar?
Por que os seus companheiros
Queriam me atacar?
Quer me contar pra morrer
Ou quer morrer sem contar?

— Boi Jiboia é nosso líder,
Foi ele que nos chamou.
Disse que já faz cem anos
Que João Muniz lhe capou.
Queria matar o neto
Pra se vingar do avô...

— E o boi Misterioso,
Por que tentou me ferir?
— Para o lugar de Leandro
Você jamais assumir.
Matando-o, era certeza
De este cordel não sair

— E por que o boi Bandido
Quis me ver fora das telas?
— Por que suas cantorias
Tiram IBOPE das novelas,
Bradando contra as marmotas
Que os atores mostram nelas.

— E você tinha motivo
Para acabar comigo?
—Boi Jiboia era meu líder,
Boi Bandido é meu amigo,
Já o boi Misterioso
Pediu pra acabar contigo.

— Sei que os baús dos desprezos
Agora vão ser quebrados,
Os rascunhos da inveja
Agora vão ser queimados;
Voltem pra onde vieram,
Por mim estão perdoados.

Vocês são espíritos fracos,
Moram na vala comum,
Não tocam a hóstia sagrada,
Não sabem fazer jejum,
Vivem de mal com o bem,
Não surtem efeito algum.

Imaginem o boi Jiboia
Que tanto incômodo causou.
Meu avô correu atrás,
Serrou o chifre e capou;
Acabou a valentia,
Nem semente ele deixou...

Já o boi Misterioso
Sumiu na encruzilhada.
Quando a novela acabou,
Bandido tornou-se nada.
Você está esquecido,
Não tem mais música gravada.

Por Teodoro e Sampaio
Você está desprezado;
Ainda causa pesadelo
Quem sonha com seu passado.
Hoje são quatro fracassos,
Perderam pra um homem honrado.

***

É difícil outra façanha
Sangrenta daquele nível,
Com esforço desmedido,
Com sacrifício incrível.
Na vida real não pode,
Porém sonhando é possível.

Acordei, fui procurar,
A faca ponta de espada;
Do sacrifício da luta
A roupa estava molhada,
Eu virei o travesseiro
Pra não me esquecer de nada.

Procurei explicação,
Ninguém pôde me ajudar.
Aí, passei pra o papel
Para o mundo analisar
O que o despeito faz
Se a gente não controlar.

Sepulte o mal, faça o bem,
Limpe bem a sua estrada
Procure ter fardo leve
Pra, na última caminhada,
O matulão de pecados
Não lhe empurrar da escada.

Oito chifres dando golpes,
Uma faca defendendo,
Quatro touros endiabrados,
Bastante sangue correndo,
Até em sonho é difícil,
Mas termina acontecendo.

O encontro da aranha com o reumatismo

Poeta sonha acordado
Cria, compara e descreve,
Faz transporte da emoção,
Entra até onde não deve,
Descobre mensagem oculta,
Quando retorna ele escreve.

Por ter transporte abstrato,
Comete grande façanha,
Conhece as coisas celestes
Como as coisas da montanha,
Arma campanha impossível,
Joga contra a sorte e ganha.

Entra na casa da sorte,
Desfaz todo o jogo dela;
De manhã pede lição,
E de noite ensina ela.
Poeta é quem forra a cama
Para o saber deitar nela.

Poeta vive distante
De ódio e de pedantismo,
Não quer contar com lisonja,
Falsidade ou nepotismo.
Vou narrar um bate-papo
Entre a aranha e o reumatismo.

O encontro da aranha com o reumatismo

A aranha se arranchava
Na casa de um homem nobre.
O reumatismo morava
Na casa de um homem pobre.
Vejam as coisas importantes
Que um poeta descobre.

Nós sabemos que a aranha
Vive sempre do que tece,
Caiu na rede ela come,
Não caindo ela padece,
Mas em parede de rico
Aranha não permanece.

Tem duas, três empregadas
Sempre com espanador
Tirando teia e poeira,
Inseto seja o que for.
Aranha morre de fome
Estando nesse setor.

De noite ela faz a teia,
De manhã é removida.
Assim ela não arranja
Insetos para comida,
Afina de tanta fome,
Ou cai fora ou perde a vida.

Na casa do homem pobre
O reumatismo vivia
Tentando ocupar as juntas,
Porém, bem cedo do dia,
Ele vestia os molambos,
Pegava a foice e saía.

Trabalhava o dia inteiro,
Só à noite retornava.
Certo que as juntas doíam,
Mas ele não se importava.
Chorava por não ter jeito,
Sofria e não se entregava.

O reumatismo não tinha
Mais tentativa a fazer:
Coluna, braço, antebraço
Atacava pra valer;
O pobre não se entregava
Mesmo sentindo doer.

A aranha padecia
Nas paredes da mansão.
O reumatismo sofria
Mordendo o pobre ancião.
Todos trabalhavam muito,
Mas era trabalho vão.

O encontro da aranha com o reumatismo

Um dia tiraram folga
E saíram a passear
Muito mais pra ver se achava
Outro canto pra morar
Onde vivessem tranquilos
Sem ninguém incomodar.

Foram na casa do choro
No barraco do cinismo
Na chácara do desatino,
Mas aranha e reumatismo
À tarde se encontraram
Na morada do abismo.

A aranha perguntou:
— Abismo, tem aguardente?
Bote um dedal para mim,
Pretendo queimar o dente.
O tira gosto é mosquito,
Se tiver me traga urgente.

Tomou umas três bicadas,
Comeu o que apareceu:
Mosquito, mosca, lagarta,
Tudo o que o abismo deu,
Se enroscou no escuro,
Chorou que a lágrima desceu.

Disse: — Companheiro abismo,
Eu só trabalho perdido.
Estou na casa de um rico,
Veja que tenho sofrido:
Nem um mosquitinho desse
Nunca mais tinha comido.

Lagarta eu nunca mais vi,
Meu tear está quebrado.
Nem pra comer eu arranjo,
Mesmo tendo trabalhado.
A casa rica deixou
Meu sossego sepultado.

Abandonei a favela,
Fui morar numa mansão,
Mas não estou satisfeita,
Pois a minha produção
Todo dia é destruída
Nas palhas do vassourão.

O barão eu nem conheço,
Mas o que me desagrada:
A doméstica ganha pouco
E só trabalha zangada.
Gostaria de ganhar
O pouco sem fazer nada.

O encontro da aranha com o reumatismo

Esta que hoje me espanta
Morei na casa com ela.
A minha teia era armada
No punho de rede dela.
Quando vivia com o velho
Num barraco na favela.

Quando arranjou esse emprego,
Xingou antes de ir embora.
Entrei na trouxa de roupa,
Fui com ela mundo a fora
Até cair no fracasso
Que estou vivendo agora.

Nesta altura do lamento
O reumatismo chegou,
Pediu também uma pinga,
Puxou um banco e sentou.
A aranha já de fogo
O papo continuou:

— Aquela ingrata deixou
O velho que lhe deu nome.
Hoje mora na favela,
Coitado, não passa fome,
Mas tem lágrima e sofrimento
O pirão que ele come.

Soube que o reumatismo
Das juntas se apoderou,
Braço, coluna, antebraço,
De uma só vez atacou.
Como Deus não desampara,
O velho não se entregou.

Este velho não merece
O que está padecendo.
Eu preciso mais comida
Do que agora estou tendo,
O vento da boa sorte
Passa e não está me vendo.

O reumatismo pediu
Outra cachaça e tomou,
Engoliu, pagou, cuspiu,
Rodou na sala e falou:
— Dê licença, amiga aranha,
Que vou lhe dizer quem sou.

Pensei não ter solução
Para esse problema meu,
Mas a solução existe
Para o meu e para o seu.
A luz no final do seu túnel
Nesse instante apareceu.

Você volta pra favela
Para viver sossegada;
Eu vou morar na mansão
Tentar outra trabalhada
Por que em junta de pobre
Reumatismo não faz nada.

Vivo molestando um velho,
Perseguindo sem cansaço,
Ataco perna e coluna,
Munheca, braço, antebraço.
O velho faz três caretas,
Sai e nem liga o que faço.

Eu obrigo a noite inteira
O velho a ficar gemendo.
Quando vou tomando gosto,
Vem o dia amanhecendo.
Se é do velho enfraquecer,
Eu que estou enfraquecendo.

De noite o velho retorna
Pra sua pobre guarida
Com escalda-pés e banho,
Minha força é combatida.
Em junta de homem pobre
Reumatismo não faz vida.

— Você quer trocar comigo?
Disse a aranha animada. —
Você se aloja no rico
Que a junta vive parada,
E eu vou pra casa do pobre
Que vive desarrumada.

Você deixa o velho pobre
Trabalhar sem padecer,
O rico gasta com médico,
Mas fica sem remexer
E eu armo minha rede
Sem ninguém me aborrecer.

Combinaram, foram embora:
A aranha pra favela
Reumatismo apoderou-se
Do velho da mansão bela.
Devido às despesas logo
Tiveram que vender ela.

O velho no seu barraco
À noite não sentiu nada,
Olhou no telhado e viu
Mais de uma teia armada
E uma aranha bem grande
Balançando sossegada.

Disse: — Antes eu via tudo,
Mas nada tinha beleza,
A dor me tirava a paz...
Saúde é a maior riqueza.
Sem dores eu vejo e sinto
Quanto é bela a natureza.

Aranha, fique à vontade,
Não tem por que se mexer.
Eu trabalhava doente,
Porém hoje eu posso ver
Que o meu pé de esperança
Já começa a florescer.

O barão vendeu a casa,
Dispensou a empregada,
Ela voltou pra o marido,
Lhe pedindo uma pousada:
— Deixe eu cuidar desta casa
Que está tão desarrumada.

Tem muita teia de aranha,
Precisa alguém pra limpar.
Ele disse: — Tome conta,
Aqui é o nosso lar,
Mas não abuse uma aranha,
Deixe todas no lugar!

E se não me obedecer,
Volte para onde estava.
Quando aqui não tinha aranha,
A noite toda eu chorava.
O reumatismo comia
Toda a paz que Deus me dava.

Disse ela: —Veja bem
O que o destino faz.
Quando a mansão tinha aranha,
Meu patrão vivia em paz.
Eu espantei as aranhas,
Nem saúde ele tem mais.

Ele perdeu a mansão,
A saúde e o sossego,
Eu perdi cama e comida,
Minha paz e meu emprego,
Mas nasce um pé de esperança
No meu antigo aconchego.

Meu velho, fique sabendo:
É seu o meu coração.
É pouco pedir desculpa,
Eu vou lhe pedir perdão.
A mansão virou barraco
E o barraco mansão.

O encontro da aranha com o reumatismo

Com vergonha de ser pobre,
Abandonei o roçado.
Deixei a minha guarida,
Desprezei um homem honrado,
Troquei a felicidade
Por um salário minguado.

O velho disse: — Meu bem,
Não precisa lamentar.
Se você perdeu a paz,
Eu tenho paz pra lhe dar.
Quem tem paz tem condição
De ser feliz e sonhar.

Aqui não tenho cinema
Como tem lá na cidade,
Não tenho pia de inox,
Não tenho eletricidade;
Falta um pouco de conforto,
Mas sobra felicidade.

Quando a mansão foi vendida,
Gritava o pobre ancião:
— Dependo de uma bengala
Para sair do colchão!
E o reumatismo dizia:
— Toma! Geme aí, barão!

Este geme, mas não corre,
Igual o outro corria;
Eu nem de férias pretendo
Passar em periferia
Pra não encontrar um velho
Que me deu trabalho um dia.

Nem encontrar a aranha
Que morou com o burguês
E num momento impensado
Aquela troca ela fez.
Pra ela foi três por um
E pra mim foi um por três.

Mas a aranha também
Da mesma forma dizia:
— Deus livre que o reumatismo
Veja minha mordomia.
Aqui meu pé de conforto
Bota fruto todo dia.

Sair do bem onde estavam
Nenhum nem outro dispôs.
Esqueceram a lei da troca
Que a consciência impôs
Que o negócio só é bom
Quando ele é bom para os dois.

A mulher teve a lição,
Melhorou dali pra frente;
O velho rico, que havia
Explorado muita gente,
Acertou com o reumatismo
As contas de antigamente.

Fique atento quando vir
Um sujeito padecendo:
Você pesquisa e não acha
Por que ele está sofrendo.
Ele não diz, mas conhece
O que é que está havendo

O poeta vem ao mundo
Como um ser iluminado:
Planta no seco e não perde,
Seu chão é fértil e molhado,
Planta esperança e amor
Nas bordas do seu roçado.

Quem planta o mal colhe o mal,
Quem planta o bem colhe o bem.
Solte o poeta interno
Que toda pessoa tem,
Pra não ver o reumatismo
Lhe castigando também.

O poeta se revela
De mil formas diferentes:
Faz o longe ficar perto,
Transforma estranho em parentes,
O real em abstrato,
Entende a praça e o mato,
Se dá com todos viventes.

Antônio Ribeiro da Conceição, consagrado sob o nome artístico Bule-Bule, nasceu aos 22 de outubro de 1947, em Antônio Cardoso, no Estado da Bahia. Filho de um tiraneiro (cantador de tiranas), neto de vaqueiro, músico, escritor, compositor, poeta, cordelista, repentista, ator, cantador e contador de histórias. Ao longo de suas muitas décadas de carreira gravou seis CD's (*Cantadores da Terra do Sol, Série Grandes Repentistas do Nordeste, A fome e a vontade de Comer, Só não deixei de sambar, repente não tem fronteiras* e *licutixo*), além do disco de vinil *Tertúlia Visceral*, em parceria com o gaúcho Pedro Ortaça; publicou alguns livros (*Bule-Bule em quatro estações, Gotas de sentimento, Um punhado de cultura popular, Só não deixei de sambar e Orixás em cordel*), escreveu mais de oitenta cordéis e participou de vários seminários e congressos. Também é autor de várias peças teatrais e publicitárias. Ocupou ainda o cargo de gerente de Cultura da Prefeitura Municipal de Camaçari e foi diretor da Associação Baiana de Sambadores e Sambadeiras e da Ordem Brasileira dos Poetas da Literatura de Cordel. Recebeu ainda o Prêmio Hangar de Música no Rio Grande do Norte junto com Margareth Menezes e Ivete Sangalo. Integra a Academia Brasileira de Literatura de Cordel, sediada no Rio de Janeiro.

Lucélia Borges nasceu em Bom Jesus da Lapa, Bahia, e passou a infância e juventude no povoado de Agrovila 07, em Serra do Ramalho, aos cuidados dos bisavós Maria Magalhães e Cupertino Borges. Dona Maria era excelente contadora de histórias, dom herdado pela bisneta, e também conservava muitos saberes de sua ascendência indígena, mesclados à religiosidade popular de matriz católica. Lucélia conviveu ainda com os mestres e mestras do reisado, do samba de roda e da cavalhada dramática; esta última manifestação foi tema de sua dissertação de mestrado pela Universidade de São Paulo (USP). Do bisavô, sapateiro e artesão, herdou o talento para as artes manuais, passando a dedicar-se exclusivamente à xilogravura em 2017, depois de uma oficina ministrada por Valdeck de Garanhuns e Regina Drozina. Também teve como mestre J. Borges, o lendário xilogravador pernambucano. Criou capas para vários folhetos de cordel e livros de autoria de Marco Haurélio, Stélio Torquato e do escritor moçambicano Artinésio Widnesse. Recebeu os selos Seleção Cátedra-Unesco (PUC-Rio) pelos livros *Contos encantados do Brasil* e *A jornada heroica de Maria*, ambos de Marco Haurélio. Pela última obra, selecionada para compor o catálogo da Feira de Bolonha (Itália), recebeu também o selo Altamente Recomendável, da Fundação Nacional do Livro Infantil e Juvenil (FNLIJ).